Michael
Leuchtenberger

PFAD INS DUNKEL

AF175580

Das Buch

Alltagsstress und Sorgen zurücklassen und dem Ruf der Wildnis folgen – Elisabeth, Mona und Ove tun das, wonach sich viele sehnen. Doch auf dem Appalachian Trail scheint sich die Natur gegen sie zu wenden, gar nach ihrem Leben zu trachten. Was hat der Sonderling Caspar damit zu tun? Nach den Ereignissen aus *Caspars Schatten* giert er nach einem neuen Beweis seiner Macht. Dafür muss er nur sein Bündnis mit den unsichtbaren Wesen der entlegenen Berge erneuern ...

Der Autor

Michael Leuchtenberger begann in einer Phase der beruflichen Neuorientierung 2015 mit der Schriftstellerei. Seinen Debütroman *Caspars Schatten* veröffentlichte er 2018 als Selfpublisher über Books on Demand.
2019 gewann Michael Leuchtenberger mit der Kurzgeschichte *Lampionfest* den Schreibwettbewerb *Zeitgeist 2020* von Litopian e.V. Im gleichen Jahr veröffentlichte er mit *Derrière La Porte – elf sonderbare Kurzgeschichten* seinen ersten Erzählband. 2021 erschien mit *Pfad ins Dunkel* der zweite Roman, eine Fortsetzung von *Caspars Schatten*.
Geboren wurde Michael Leuchtenberger 1979 in Bremen. Er studierte Germanistik und Anglistik mit Schwerpunkt Literaturwissenschaft in Oldenburg und Kingston-on-Thames und war anschließend einige Jahre als Redakteur in Hamburg tätig.

MICHAEL
LEUCHTENBERGER

PFAD ins DUNKEL

Bibliographische Information der Deutschen Nationalbibliothek:
Die Deutsche Nationalbibliothek verzeichnet diese Publikation
in der Deutschen Nationalbibliografie; detaillierte bibliografische
Daten sind im Internet über dnb.dnb.de abrufbar.

Umschlaggestaltung: François Entringer
Lektorat: Elyseo da Silva
Buchsatz: Catherine Strefford

Herstellung und Verlag: BoD – Books on Demand, Norderstedt

ISBN: 978-3-7543-0777-9

Das Buch enthält Trigger-Hinweise
auf der letzten Seite gegenüber der Deckelinnenseite.

Inhaltsverzeichnis

Vorwort

Pfad ins Dunkel war ursprünglich nicht als Fortsetzungsroman geplant. Doch dann geschahen zwei Dinge ungefähr gleichzeitig: Nach der Veröffentlichung meines Debütromans *Caspars Schatten* erwies sich der Bösewicht Caspar als besonders beliebte Figur bei den Lesenden – und beim Schreiben des zweiten Romans kam ich ins Stocken, weil mir Teile nicht mehr gefielen. Ganz verwerfen wollte ich das Manuskript nie, da mir die meisten Figuren und das Setting des Appalachian Trail so gut gefielen. Aber einige der ursprünglichen Handlungselemente mussten dran glauben. Was konnte sie ersetzen?

Es war, als würde Caspar immer nachdrücklicher Anspruch anmelden, noch ein weiteres Mal mitmischen und auch meinen neuen Figuren das Leben schwer machen zu dürfen.

Ich habe ihn gelassen und es nicht bereut.

Ich hoffe, dass die, denen *Caspars Schatten* gefallen hatte, sich über seine Rückkehr freuen, dass aber auch die, die mit *Pfad ins Dunkel* in die Geschichte einsteigen, unheimlichen Spaß daran haben.

Michael Leuchtenberger

Personenverzeichnis

Namen und *Trailnamen*:

Caspar *(Odin)*
Phil, Caspars Freund
Elisabeth *(Professor)*
Mona *(Camera)*
Ove *(Potbag)*
Stamps
Gertrud, seine Hündin
Milton, Hostelbesitzer
Jamie, sein Helfer

Weitere Hiker*innen:

Necklace, Black Bear,
Megan *(Pockets)*, Emily *(Pretzels),*
Eagle und weitere

Teil 1

Allein

1

Mein Vater ist tot, und ich bin schuld daran«, sagte Caspar.

Sein Freund Phil lief mit gerunzelter Stirn neben ihm her. Er schüttelte den Kopf. »An diesem Tag war alles außer Kontrolle. Es lag nicht mehr in deinen Händen. Außerdem wusste er, dass er sich in Gefahr begibt.«

»Nein. Meine Mutter wusste es. Aber nicht mein Vater. Der Weg zu einer neuen Welt fordert Opfer. Aber das hätte nicht passieren dürfen. Es verfolgt mich wie ein Schatten.«

Der Weg schlängelte sich hinter dem Schloss durch den Wald. Es war einer dieser Tage im Januar, an denen es nie hell wurde. Feuchte Kälte kroch in ihre Kleidung. Vor ihnen verloren sich die Bäume im Nebel.

Caspar starrte auf den Boden, während er lief, die Hände in den Taschen seines schwarzen Mantels. Er war es nicht gewohnt, sich Zweifel und Schuldgefühle überhaupt einzugestehen, geschweige denn, darüber zu sprechen. Phil war der Einzige, der so etwas zu hören bekam.

Es würde für lange Zeit das letzte Mal sein, dass sie sich sahen.

»Es gefällt mir nicht, dich allein hier zurückzulassen«, sagte Phil.

»Wie meinst du das?«

Caspars Frage klang schroff.

»In dieser finsteren Stimmung, in der du seit Wochen bist. Seit deine Mutter weggezogen ist, bist du hier noch einsamer als zuvor.«

»Meine Angestellten sind da«, wehrte Caspar ab. »Ich kann mich schließlich nicht allein um das ganze Anwesen kümmern. Du weißt doch, dass sie uns immer in allem unterstützt haben.«

»Das ist trotzdem nicht die Gesellschaft, die du brauchst.«

Caspar zog die Augenbrauen hoch, sagte aber nichts.

»Schließ dich uns an. Wir alle warten darauf.«

»Ich habe darüber nachgedacht. Das weißt du. Aber ich bin verwurzelt hier, in so vieler Hinsicht. Dieser Ort gibt mir Kraft.«

»Ich sehe diese Kraft schwinden seit dem, was mit deinem Vater passiert ist. Und seit sich Miriam und David gegen dich gewandt haben. Ich weiß, wie viele Hoffnungen du in die beiden gesetzt hattest.«

Caspar schüttelte den Kopf. »Diese Namen will ich nicht einmal hören.«

»Du solltest das hinter dir lassen«, beharrte Phil. »Wir brauchen einen Neuanfang! Das Serene Mountain Inn ist wie dafür geschaffen. Unsere Gemeinschaft wird dort so viel stärker sein. Und du wärst dort nicht ohne Wurzeln, ganz im Gegenteil. Uns beide verbindet viel mit diesem Ort. Der unverwüstliche Milton empfängt dort seine Gäste, ganz wie früher. Du hast doch gelesen, was er dir geschrieben hat. Er vertraut dir und möchte dich bei sich haben.«

»Wir hatten das besprochen. Ihr geht ohne mich. Das bedeutet nicht, dass wir nicht mehr zusammenarbeiten.«

Sie erreichten das von Efeu überwucherte Haus im Wald, in dem Caspars Eltern gelebt hatten. Seit seine Mutter fortgegangen war, hatte Caspar keinen Fuß mehr hineingesetzt.

Noch nie hatte er sich in den engen Räumen wohlgefühlt; seine Welt waren die hohen Zimmer und endlosen Flure des Schlosses.

Eine Krähe schrie heiser von der Regenrinne und flog in den Wald davon. Caspar wartete auf weitere Überredungsversuche seines Freundes.

»Es wird hier dann keine Zusammenkünfte mehr geben«, sagte dieser. »Die meisten aus unserer Gruppe sind bereits ausgewandert und der Rest folgt bald, so wie ich.«

»Das ist mir klar, Phil.«

2

Im Altarraum schloss Caspar die Tür hinter sich ab. Er zündete die drei großen Kerzen auf dem Tisch an der gegenüberliegenden Wand an und löschte das kalte Deckenlicht.

Im flackernden Schein der Kerzen betrachtete Caspar die Bilder an der Wand, die ihn stets daran erinnerten, dass er zwar abgesehen von seinen Angestellten der einzige Mensch innerhalb dieser Mauern war, doch trotzdem nie allein. Jedes Bild stellte eine Rune dar. Die Erste ließ ihn innehalten, die Zweite schärfte seine Sinne und lenkte seinen Blick auf den Weg, der vor ihm lag. Die Dritte erinnerte ihn an die Macht derjenigen, die ihn auf diesem Pfad begleiteten.

Wie immer saß Caspar im Schneidersitz auf einem der Kissen und ließ sich Zeit, um zur Ruhe zu kommen. Den

Metallbecher mit der herben, dunklen Flüssigkeit vor ihm hatte er zur Hälfte geleert.

Er wartete auf den Moment, der an Einschlafen erinnerte, diesen schwebenden Zustand, in dem sein Geist Zutritt bekam zu jener anderen Welt. Und auf den vertrauten Anblick: einen riesigen Saal, der sich vor seinem inneren Auge auftat. Gewaltige Säulen ragten darin empor – oder vielleicht waren es Bäume. In diesem Raum würde er sie zu sich rufen, wie er es immer tat.

Er blendete seine Umgebung aus, spürte keine Faser seines Körpers mehr.

Sie waren immer für ihn da gewesen und würden ihn nicht im Stich lassen.

Tief atmete er ein und aus und mahnte sich zur Geduld.

Dreimal, viermal.

Aber sein Geist flatterte umher wie eine Motte ohne Licht. Er fand keinen Zugang.

Lag es an ihm? War er blockiert?

Oder waren *sie* es? Ließen sie ihn nicht mehr zu sich?

Von Caspars einstiger Gefolgschaft war niemand in der Nähe. Auch Phil hatte vor einigen Wochen das Land verlassen. Lag es daran? War er allein nicht mehr interessant für sie? Oder hatten sie ihn an jenem verfluchten Tag aufgegeben, an dem sein Vater hatte sterben müssen? An dem so viele sich von ihm abgewandt hatten – seine große Liebe Miriam, sein ehemals bester Freund David, sogar die eigene Mutter?

Im ganzen Körper verkrampften sich seine Muskeln.

Er schleuderte den Becher in eine Ecke. Das Scheppern hallte durch den Altarraum. An der Wand hinterließ die Flüssigkeit hässliche Flecken, als wäre dort jemand erstochen worden.

Wie lange war es her, dass die Unsichtbaren zuletzt mit ihm kommuniziert hatten? Caspar konnte sich nicht einmal an den Klang ihrer Stimmen erinnern, die er doch seit seiner Kindheit kannte.

War er ihnen allein denn nichts mehr wert?

Er ließ seinen Kopf auf die Brust fallen und atmete tief durch. Dann stand er abrupt auf, so dass sich einen Moment lang alles drehte. Er stolperte zur Tür, schloss sie auf, rannte den Korridor hinab und die Treppen hinunter. In der Küche griff er sich eines der großen Messer und riss die Tür auf, die nach draußen führte.

Eine eiskalte Windböe wirbelte ihm Schneeflocken in die langen Haare. Er trug nur ein dünnes Hemd, doch die Kälte war ihm jetzt egal.

Mit dem Messer in der Hand lief er hinaus in die Dunkelheit. Vor dem Schloss kannte er jeden Baum, jeden Strauch, jeden Kieselstein. Er horchte, ob die Stimmen der Unsichtbaren durch das Rauschen der Bäume zu ihm drangen. Doch es klang flach und hohl.

Unbeseelt.

Er rannte durch den Wald, bis er an den steinernen, mit Runen markierten Altar gelangte. Dort blieb er stehen, holte kurz Atem und krempelte seinen linken Hemdsärmel hoch. Ohne zu zögern, schnitt er mit der Messerspitze quer über seinen Unterarm. Sofort bildeten sich dunkelrote Linien auf seiner hellen Haut.

Caspar streckte den Arm nach oben und brüllte in die Nacht: »Wo seid ihr, ihr Verräter?«

Einzig das Rauschen des Windes antwortete ihm.

Er benetzte den rechten Zeigefinger mit seinem Blut und zeichnete drei weitere Runen vor sich auf die Steinplatte. Eine als Symbol der eigenen Kraft. Eine Zweite als Zeichen für Weiterentwicklung.

Die Dritte verhieß einen neuen Lebensweg.

Teil 2

Aufbruch

3

Der bullige Grenzbeamte knallte den Stempel auf Elisabeths Reisepass, klappte das Dokument wieder zu und schob es über den Tresen. Dabei zwinkerte er ihr mit beiden Augen zu und sagte, ohne zu lächeln: »Passen Sie auf sich auf, Lady!«

»Danke«, sagte Elisabeth, verblüfft darüber, dass die Prozedur so schnell erledigt war.

Sie schob ihren Pass in die hintere Hosentasche. Der Officer mit der kurzärmligen, schwarzen Uniform war halb so alt wie sie, aber bestimmt doppelt so schwer. Seine Oberarme würde sie kaum mit zwei Händen umfassen können. Selbst hinter seinem Schalter wirkte er riesig.

Schon winkte er die nächste Einreisende heran, eine junge Asiatin mit rotem Käppi und Pferdeschwanz, die ihn erwartungsvoll anlächelte.

Elisabeth folgte den Hinweisschildern zur Gepäckannahme, wo das Laufband nach wenigen Minuten ihren Rucksack ausspuckte. Unverkennbar neu war er, mit seinem silbrigen Grau und dem kräftigen Rot, und fast so groß wie sie selbst.

»Wir zwei müssen Freunde werden«, hatte sie laut zu ihm gesagt, nachdem sie ihn vom Outdoor-Ausrüster nach Hause gebracht, auf einen Küchenstuhl gestellt und gründlich begutachtet hatte.

Das Schultern der Last war noch ungewohnt. Trotzdem fühlte sich Elisabeth mit einem Mal, als würde sie durch die Ankunftshalle des Hartsfield-Jackson Airport schweben.

Die zehn Stunden zwischen Düsseldorf und Atlanta waren ihr vorgekommen wie zwei, wie üblich hatte sie im Flieger tief geschlafen. Nun fühlte sie sich startklar und fit wie seit Wochen nicht mehr. Die Zweifel lagen hinter ihr. Sie hatte es fast bis an ihr erstes Etappenziel geschafft: Springer Mountain, südliches Ende des Appalachian Trail und Ausgangspunkt für diejenigen, die verrückt genug waren, 3.500 Kilometer von Georgia bis Maine zu Fuß laufen zu wollen.

Die Flughafenhalle sah aus wie ein gewaltiger Wintergarten, mit einer Glaskuppel und echten Bäumen. Der Himmel darüber war von einem unbestimmten Weiß.

Elisabeth lächelte. Bäume würde sie in den nächsten Monaten zur Genüge bewundern können. Vielleicht sollte sie sich lieber am Menschengewusel und den lärmenden Lautsprecherdurchsagen erfreuen. Das waren die Dinge, die sie so schnell nicht wieder erleben würde.

Vor ihr war eine Frau stehen geblieben, um ihr Gepäck zu sortieren: zwei große Koffer, einen Rucksack und diverse Stoffbeutel, in der Hand einen Stapel Reisepapiere. Um sie herum tobten zwei krakeelende Kinder. Der Junge floh vor seiner Schwester und rannte direkt in Elisabeth hinein. Sie verkniff sich ein Fluchen und lächelte stattdessen der Mutter zu.

Kurz überlegte sie, irgendwo einen Kaffee zu trinken, entschied sich aber dagegen. Sie hatte Hummeln im Hintern. Also kramte sie nur rasch ein paar Dollarscheine aus der vorderen Hosentasche und kaufte sich eine Flasche stilles Wasser.

Sie nahm einen kräftigen Schluck und schraubte die Flasche zu.

Kühles, sauberes Wasser.

Auch das würde sie bald sehr zu schätzen wissen.

Mit ihren 56 Jahren war sie viel in der Welt herumgekommen, in die USA hatte sie es aber nur einmal zuvor geschafft. Wie immer war sie neugierig auf eine ungewohnte Umgebung und unbekannte Menschen. In Wander-Blogs hatte sie so viel über den Appalachian Trail gelesen, dass sie das Gefühl hatte, an einen vertrauten Ort zurückzukehren.

Noch einmal drehte sie sich um. Die Kinder tobten wieder um ihre genervte Mutter. In den Warteschlangen vor dem Geldautomaten und an der Kasse des Coffeeshops müde Gesichter.

Elisabeth justierte die Schultergurte ihres Rucksacks, schloss die Augen und atmete tief ein und aus.

Ja, sie wollte endlich in den Wald, nichts als Laufen und Bäume sehen.

4

Mona drückte ihre Mitbewohnerin Vivian, dann ihren Kumpel Joe. Zu unmenschlicher Uhrzeit hatten die beiden sie zum L. A. International Airport gebracht.

Alle drei waren nach Monas Abschiedsfeier am Vorabend völlig übermüdet. Sogar Stevenson, Joes Hund, konnte sich kaum aufrecht halten und ließ sich auf den glänzenden Flughafenboden plumpsen.

»Genieß es, meine Liebe«, sagte Vivian, die um diese Zeit sogar in ihrem dicken Kapuzenpulli fröstelte. »Hast du auch das Geld, das dein Vater dir gegeben hat?«

»Ja, hab alles.« Mona sah ihre Freunde nacheinander an. Dabei sah sie auf beide herab, groß und schlaksig, wie sie war. Ihr runder Afro-Haarschnitt ließ sie noch größer wirken, als sie ohnehin schon war.

»Ich hab euch lieb.« Ihre Stimme zitterte, was äußerst selten geschah.

»Wir dich auch«, sagte Vivian.

»Lass von dir hören«, sagte Joe.

Mona nickte. Dann drehte sie sich um, ließ die beiden stehen und passierte die gläserne Schiebetür zum Security-Check.

Vivian und Joe brachen auf und zerrten den trägen Stevenson hinter sich her. Noch einmal winkten sie Mona zu.

Die hasste Abschiedsszenen. Zum Glück war diese knapp und unsentimental ausgefallen. Immerhin war es kein Abschied wie alle Tage. Mehrere Monate weit weg von zu Hause, noch dazu in der Wildnis – die Aussicht machte Mona nervös, auch wenn sie es sich nur ungern eingestand.

Sie musste etwas essen, hatte aber keinen Appetit. Ihr tat noch immer der Kopf weh und ihre Glieder waren müde.

Vor Mona ließ eine Gruppe Geschäftsreisender in schwarzen Anzügen routiniert die Kontrolle über sich ergehen. Allesamt wirkten hellwach und auf Zack. Wie schafften die das?

Ihr Sicherheitscheck ging Gott sei Dank schnell und Mona hievte ihren Rucksack wieder hoch. Er kam ihr schwerer vor als am Tag zuvor, obwohl sie ihn unter Berücksichtigung von

Vivians fachkundigen Tipps gepackt hatte. Hatten ihre Partygäste den Inhalt ihres Gepäcks durch Bowlingkugeln ersetzt?

Sie lief durch die Gänge des Flughafens, vorbei an den Parfüm- und Klamottengeschäften mit ihrem kalten Licht und den Verkäuferinnen, die mit ihrem Make-up wie maskiert wirkten.

Wenn sie endlich auf dem Trail war, würde die Welt anders aussehen.

Wenig später saß Mona auf ihrem Fensterplatz und vertiefte sich in den neuen Stephen King. Er spielte ausgerechnet in den Appalachen und handelte von einer Epidemie, die ausschließlich Frauen befiel, sobald diese einschliefen. Aber schon nach drei kurzen Kapiteln fielen Mona selbst die Augen zu.

Viel später schreckte sie auf. Das Buch rutschte zwischen ihre Knie und polterte zu Boden.

Jemand berührte ihre Schulter und sie hätte fast aufgeschrien. Der Flugbegleiter hatte sich heruntergebeugt und machte große Augen. Da begriff sie, wo sie war.

»Entschuldigung, möchten Sie etwas trinken?«, fragte er und zeigte strahlend weiße Zähne.

Eher reflexartig schüttelte Mona den Kopf. Der Mann wandte sich sofort ihrer Sitznachbarin zu, einer älteren Dame, die mit indischem Akzent schwarzen Kaffee bestellte.

Mona hatte Gänsehaut, fror aber nicht. Es war der Traum gewesen, der sie immer dann heimsuchte, wenn sie sich unsicher fühlte. Darin war es jedes Mal kalt und dunkel, doch an mehr erinnerte sie sich selten.

Sie rieb sich die Augen. Der Monitor über den Köpfen wenige Reihen vor ihr zeigte die Flugroute an. Irgendwo da unten war Oklahoma.

Jetzt ging alles so schnell. Sie wurde in ein Abenteuer katapultiert.

»Ist das Ihr erster Flug?«, fragte die Sitznachbarin.

»Nein, aber der aufregendste«, sagte Mona. Sie lächelte die Frau an – die erste Fremde, mit der sie auf dieser Reise sprach – und war gespannt, wer da noch alles kommen würde.

5

Caspar an Milton

Mein lieber Milton,

es hat mich gefreut, nach so langer Zeit von Dir zu hören.

Ich habe immer gespürt, dass es zwischen uns seit meinem Besuch im Serene Mountain Inn ein enges Band gab. Das hat mir in schwierigen Zeiten zusätzliche Kraft gegeben. Sei versichert, dass ich unsere gemeinsamen Erlebnisse nie vergessen habe. Auf meinem manchmal einsamen, beschwerlichen Weg tut es mir gut, wenn ich mir unsere Gespräche ins Gedächtnis rufe.

Phil hat Dir von den unschönen Ereignissen erzählt, die sich im letzten Jahr zugetragen haben. Menschen, die ich für meine engsten Freunde hielt, haben sich von mir abgewandt. Das hat mich verbittert. Gleichzeitig musste ich mir eingestehen, dass ich den Tod meines eigenen Vaters mit verschuldet habe.

All diese negativen Gedanken rauben mir Kraft. Es muss sich etwas ändern. Phil und andere haben schon lange auf mich eingeredet, damit ich mich ihrem Neuanfang in Eurer Gemeinschaft anschließe. Und nicht zuletzt hast Du, lieber Milton, in Deinem Brief eine Einladung ausgesprochen, die mich berührt hat.

Aber es schien mir lange unmöglich, das Schloss meiner Familie aufzugeben. Ich bin sicher, Du verstehst mein Zögern.

Ich freue mich, dass die anderen bereits zu Euch gestoßen sind. Die Gemeinschaft hält nicht nur zusammen – sie wird zu einer weltumspannenden Bewegung! Eure Unterstützung brauche ich, um meine Bestimmung zu erfüllen und wieder zu alter Stärke zu finden. Darum habe ich beschlossen, auf die Reise zu gehen. Sie wird eine Zäsur für mich sein.

Zunächst werde ich für einige Wochen wandern, um die Natur wieder mit allen Sinnen spüren. So kann ich zu mir finden und mich auf mein neues Leben mit Euch einstellen.

Den Trail werde ich in erster Linie für mich laufen. Aber ich habe durch meinen Entschluss Zuversicht geschöpft. Und so ist es denkbar, dass ich unterwegs neue Weggefährten treffe, die sich mir anschließen, genau wie damals.

Es hat erst begonnen!

Ich freue mich auf unser Wiedersehen!

Dein Caspar

6

Der Fahrer verstaute das Gepäck im Laderaum, öffnete die seitliche Schiebetür des Kleinbusses und ließ Elisabeth und drei weitere Wanderer einsteigen. Er humpelte stark, sein rechtes Bein war steif. Wahrscheinlich war er früher selbst gern gewandert und chauffierte nun, weil er es selbst nicht mehr konnte, andere zum Trail.

Die drei anderen waren Amerikaner und unterhielten sich lautstark mit dem Busfahrer. Einer von ihnen fragte ihn nach den Wetterprognosen in der Region.

»Ihr hättet es schlimmer treffen können«, war die Antwort. »Letzte Woche hat es tagelang nur geregnet. Aber jetzt solltet ihr auf dem Trail gut zurechtkommen. Und was ist mit dir?« Er drehte sich zu Elisabeth um. »Was führt dich von so weit her auf den AT?«

»Eine Auszeit von meinen Schülern«, rief Elisabeth zurück.

Die anderen lachten, am lautesten ein dicker, bärtiger Mann neben ihr.

»Lehrerinnen dürfen Sabbaticals machen?«

»Wenn sie hartnäckig genug danach fragen, ja.«

Für letzte Besorgungen hielten sie bei einem Walmart. Elisabeth kaufte Spiritus für ihren Kocher, Wasser und einige Tüten mit Nüssen. Am liebsten hätte sie kiloweise Bananen gekauft, aber die wurden zu schnell zu Matsch.

Auf früheren Wanderungen mit ihrem guten Freund Harald hatte meist er sich um die Verpflegung gekümmert. Er hatte ihr auch vom amerikanischen Oatmeal erzählt, Haferbrei in verschiedenen Sorten. Der Gedanke an Harry versetzte Elisabeth einen Stich.

Organic, Super Grains, High Fiber – war das nicht alles dasselbe? Banana Nut! Wenn schon keine echten Bananen, dann wenigstens in Instant-Form.

Elisabeth nahm sich dazu mehrere Pasta-Fertiggerichte und fragte sich, wie das alles noch in den Rucksack passen sollte.

Das Hiker's Last Resort lag unweit des Highway 19 am Rand des Chattahoochee National Forest. Ihr Kleinbus fuhr über Serpentinen in den Wald und hielt auf einem Platz, der von üppiger Vegetation umgeben war. Eine Treppe führte zu einem Holzhaus. Zwischen all dem Grün leuchtete das rötlich-braune Holz in der Sonne, am Geländer der Veranda hingen Blumenkästen. Elisabeth freute sich über die Idylle. Für eine Weile würde dies ihre letzte komfortable Unterkunft sein.

Während des Eincheckens im Hostel trafen sie weitere Hiker, die sich in den nächsten Tagen auf den Weg machen wollten: zwei junge, stille Australierinnen und einen Hippie aus Quebec. Der beleibte New Yorker, der neben ihr im Shuttlebus gesessen hatte, beteuerte unter dem Gelächter aller Anwesenden, auf dem Mount Katahdin am Ende des Trails nur noch die Hälfte wiegen zu wollen.

Mit irgendeiner Art von Last kamen wohl die meisten hierher, um sie in den Wald zu schleppen, dort abzuschütteln und liegen zu lassen. Das ging Elisabeth nicht anders. Vor allem wollte sie nichts mehr aufschieben, was sie sich wünschte. In einem Jahr konnte es längst zu spät sein.

7

Am Vormittag des 3. April stand Elisabeth unweit der Amicalola-Wasserfälle auf einem Parkplatz, von dem aus ein Pfad zum Springer Mountain führte. Neben einem aus unregelmäßigen Steinen gemauerten Torbogen verkündete weiße Schrift auf rot gestrichenem Holz:

Appalachian Trail Approach.
Springer Mountain GA 8,5 miles.
Mt. Katahdin Maine 2.108,5 miles.

Dahinter schien die schräg stehende Sonne durch den hellgrünen Wald.

Das Tor zu einer anderen Welt.

Die beiden Australierinnen – die sich beim Frühstück als Megan und Emily vorgestellt hatten – waren zackig durch das Tor marschiert. Elisabeth folgte ihnen langsamer.

ᚠ ᚢ ᚣ

Zwei Stunden später setzte sie den Rucksack ab, ließ sich auf einem Felsen am Wegesrand nieder und atmete tief durch.

Von Anfang an war es nur bergauf gegangen, zuletzt immer steiler. Sie hatte nicht einmal die Hälfte der ersten Etappe geschafft und bekam jetzt schon kaum Luft. Der Schweiß rann ihr in den Nacken.

Sie war eben nicht Harry. Der war schon am ersten Tag jeder Wanderung stets wie ein Uhrwerk gelaufen.

Sie gönnte sich ein paar kleine Schlucke Wasser.

»Geht es dir gut?«, rief eine Stimme über ihr.

Da oben, hinter der nächsten Wegkehre, saßen eine Frau und ein Mann wie siamesische Zwillinge auf einem Baumstumpf.

»Es ist die Hölle«, rief Elisabeth, lachte dann aber.

»Es bleibt nicht so«, kam als Antwort. »Keine Angst. Das Stück vom Gipfel bis zum Shelter ist angeblich einfacher.«

»Warum tun wir uns das nur an?«, fragte Elisabeth.

»Wegen dem hier!« Die Frau breitete ihre Arme aus, als wollte sie damit den ganzen Wald umschließen.

Elisabeth holte ein paar Mal tief Luft und sog den Duft von Laub und wilden Kräutern ein.

Sie schloss zu den beiden auf.

»Hi, ich bin Elisabeth.«

»Ich bin June«, sagte die Frau. »Aber hier heiße ich Necklace. Hast du noch keinen Trailnamen?«

»Nein.«

»Das werden wir ändern. Dieser attraktive Typ hier« – sie klopfte ihrem Mann auf den Rücken – »heißt Black Bear.«

Die beiden waren Ende 40, aus Minnesota und frisch verheiratet. Sie waren zum ersten Mal gemeinsam unterwegs und geradezu euphorisch deswegen.

Den Rest des Weges bis zum Gipfel des Springer Mountain kämpften sie sich zu dritt voran. In unregelmäßigen Abständen erschienen Wegmarkierungen auf Felsen oder Baumstämmen: kurze, senkrechte Striche in weißer Farbe.

Der Wald schien endlos. Ab und zu gewährte er einen Ausblick auf einen ebenfalls bewaldeten Berghang auf der anderen Talseite. Das Wetter war mild und frühlingshaft. Trotz der Anstrengung war Elisabeth voller Tatendrang. Sie war frei! Und dankbar für ihre soliden Schuhe, denn auf dem steinigen Pfad war das Gehen beschwerlich.

Nach zwei Stunden, in denen es fast nur bergauf gegangen war, zitterten ihre Beine und ein Kopfschmerz bahnte sich an. Doch irgendwann hatten sie schließlich den ersten Berg ihres langen Weges bezwungen.

»Yes!«, rief Elisabeth und schickte einen Jubelschrei ins Tal.

Sie stellte ihren Rucksack ab, holte eine Tüte Studentenfutter hervor und warf sich einige Nüsse in den Mund. Himmlisch!

Eine grünliche Metallplatte war in den Fels eingelassen. Darauf war ein Wanderer abgebildet, komplett mit Hut und Stock, gekrönt vom Schriftzug: *Appalachian Trail*.

June alias Necklace rief »Glückwunsch!«, umarmte erst ihren Mann, dann Elisabeth.

Die hatte nicht damit gerechnet und erwiderte die Umarmung steif. Wie als Entschuldigung hielt Elisabeth ihr das Studentenfutter hin. Necklace pickte sich einen paar Nüsse heraus, dann bückte sie sich.

»Hast du dir schon einen Stein ausgesucht?«

Sie hob einen vom Boden auf.

»Wofür?«

»Alle Through-Hiker müssen einen Stein von hier bis auf den Katahdin nach Maine tragen.«

»Als hätten wir nicht schon genug zu schleppen!«, sagte Elisabeth.

»Ein kleiner Kiesel tut es auch.« Necklace hielt ihr die ausgestreckte Hand hin. Darauf lag ein hellgrauer Stein von der Größe einer Erdbeere.

»Ich glaube, das ist jetzt meiner.«

»Na los!« Black Bear sah sich suchend um. »Ist doch ein hübsches Ritual. Irgendwann ist der Berg hier ganz abgetragen und der Katahdin dafür doppelt so hoch.«

Elisabeth lachte. Sie hob ein kleines, gestreiftes Schneckenhaus auf, das in einem Riss im Fels eingeklemmt worden war.

»Das ist leichter!«, rief sie und steckte es ein.

Ein Holzschild wies den Weg zum Stover Creek Shelter, dem nächstgelegenen Schlafplatz. Der Weg verlief nun ohne Steigungen und war weniger steinig. In der Höhe wehte ein milder Wind, der den Schweiß trocknete.

Trotzdem waren sie abgekämpft, als sie das Shelter erreichten. Es handelte sich um eine vorn offene Holzhütte mit Vordach, darunter ein Holztisch mit Bänken. Im Inneren führte eine Leiter zu einer zweiten Ebene, auf der mehr Leute schlafen konnten.

»Sieht doch kuschelig aus«, sagte Black Bear.

Am Shelter waren sie nicht allein. Megan und Emily saßen schweigend am Tisch und aßen. Sie schienen sich selbst genug zu sein.

Elisabeth brachte ihren Kocher in Gang und bereitete ihre erste Trail-Mahlzeit zu. Das Fertig-Nudelgericht schmeckte überraschend gut. Gesund war das Instant-Zeug sicher nicht. Die Bewegung an frischer Luft glich hoffentlich aus, was sie dem Körper an zweifelhafter Ernährung zumutete.

»Also, du brauchst einen Trailnamen«, sagte Black Bear zu Elisabeth, während alle ihr Essen in sich hineinschaufelten.

»Was hat es denn mit euren auf sich?«, fragte die.

Necklace hielt ein kleines, silbernes Kruzifix hoch, das sie an einer Kette um den Hals trug. »Necklace, weil ich das als Glücksbringer mitgenommen habe. Es gehörte meiner Lieblingstante Frances.«

Sie legte ihrem Mann einen Arm um die Schulter. »Und mein Vince hier sieht nicht nur aus wie ein Schwarzbär, sondern will unbedingt auch einen echten auf dem Trail sehen.«

»Wie wäre es mit Snail Shell für dich?«, fragte Black Bear. »Dass du ein Schneckenhaus zum Katahdin trägst, ist sicher einmalig!«

»Aber es klingt, als sei sie introvertiert«, sagte Necklace. »Das passt nicht. Was ist dein Beruf? «

»Ich bin Lehrerin.«

»Oh, dann ist die Sache klar«, sagte Black Bear. »Du bist Professor!«

»Das klingt doch toll«, sagte Necklace.

»Damit kann ich sehr gut leben«, sagte Elisabeth.

»Willkommen auf dem AT, Professor!«, rief Black Bear und erhob seine Wasserflasche.

8

Elisabeths Tagebuch

3. April 2018, Stover Creek Shelter, Georgia

Ein anstrengender, aber wunderbarer erster Tag auf dem AT ist zu Ende. Ich fühle mich gut, auch wenn die Füße schmerzen.

Ab jetzt bin ich also für alle hier ›Professor‹. Es kann nicht schaden, sich Respekt zu verschaffen. Andererseits: Soll der Trail nicht ein Ort sein, an dem man neue Seiten an sich entdeckt, statt in die gewohnten Rollen zu verfallen?

Vorhin haben wir alle zum ersten Mal unsere Trailnamen in einem Shelter-Logbuch eingetragen, ein denkwürdiger Augenblick!

Jetzt liege ich erstaunlich bequem in meinem eigenen Zelt, während sich die anderen in den Unterstand gequetscht haben, und mir fallen die Augen zu.

Ich denke an Harry, der jetzt sicher stolz auf mich wäre, und Mutti, die sich wie bei jeder meiner Wanderreisen schlimme Sorgen gemacht hätte. Monatelang in der amerikanischen Wildnis – gut, dass sie das nicht mehr miterleben muss!

Ich genieße die Stille und freue mich auf jeden weiteren Schritt auf diesem Weg.

9

Schon halb sechs. Mona war den ganzen Nachmittag gewandert, um noch am selben Tag Neel's Gap zu erreichen.

Sie wedelte mit der Hand vor ihrem Gesicht herum, um ein hartnäckiges Insekt zu verscheuchen, und prüfte die Wetterradar-App. Die funktionierte hier draußen bestimmt nicht so zuverlässig wie angepriesen. Die pixelige Karte zeigte kleinere Regengebiete in der Umgebung, dabei hatte den ganzen Tag die Sonne geschienen.

Die Vorstellung, regennasse Klamotten herumschleppen zu müssen, war Mona ein Graus. Zu tragen hatte sie genug, besonders ihre Kamera. Die war ihr mit Abstand kostbarstes Gepäckstück und hing meistens um ihren Hals.

Zu Hause in Los Angeles studierte Mona Biologie. Sie bewunderte die Vielfalt der Pflanzen in den Appalachen und hoffte auf Funde wie Sumpf-Scheinnelken oder die fleischfressende Grüne Schlauchpflanze. Auch zum Vorkommen invasiver Arten wie dem Huflattich wollte sie sich ein Bild machen.

Ein paar lockere Bekanntschaften hatte sie auf dem AT schon gemacht, von der Teenie-Clique bis zu Abenteurern im Ruhestand, vom Aussteiger bis zur Managerin. Auch ihre eigene schwarze Hautfarbe, ihre Frisur, ihre Piercings und ihr Kleidungsstil schienen hier keine Rolle zu spielen. Vielleicht würde sie für ein paar Wochen oder Monate mal keine rassistischen Kommentare zu hören kriegen?

Am Tag zuvor war Mona eine offensichtlich verwirrte Frau aus Nashville begegnet, die den ganzen Weg in Flip-

Flops laufen wollte. Thongs, so der Trailname der Flip-Flop-Frau, hatte Mona den passenden Namen Camera gegeben, als sie am Vorabend unweit des Blood Mountain Shelter nebeneinander gezeltet hatten.

»Man sieht sich, Camera!«, hatte Thongs ihr zugerufen, als Mona im Morgennebel aufgebrochen war.

Jetzt war sie kurz vor Neel's Gap, wo der Trail ausnahmsweise einen Highway kreuzen würde, und lief schon so lange bergab, dass ihre Knie schwach wurden.

Der Wind frischte auf. Unter ihrer Wetterjacke wurde ihr trotzdem schnell warm. Manchmal nutzte sie Atempausen, um Pflanzen zu fotografieren, die sie nicht bestimmen konnte, um dies später anhand der Bilder nachzuholen. Die anderen notierte sie in einem Heft, das in einer der Taschen ihrer Cargohose stets griffbereit war.

Zu Neel's Gap gehörten ein Shop und ein Hostel, der erste komfortablere Halt nach Tagen. Endlich eine warme Dusche!

Nach weiteren Biegungen tauchte der Highway 19 im Tal auf. Die schmale Landstraße hatte Mona in wenigen Schritten überquert. Kurz dahinter gelangte sie zu einer Ansammlung kleiner Steinhäuser. Zwischen dem Grau der Mauern und dem Braun und Grün des Waldes stachen Farbflecke hervor: neongelb, pink, orange. Rucksäcke, Jacken, Shirts und Wanderstöcke einer Gruppe von Hikern, die sich vor Neel's Gap versammelt hatte. Mona beachtete sie nicht weiter, sah sich stattdessen im Laden um und kaufte Snacks sowie ein Gel gegen die Mückenstiche.

Als sie aus dem Shop trat, versperrte ihr ein schwarz gekleideter junger Mann den Weg. Er kniete auf dem Boden und wühlte in seinem Rucksack herum. Stumm blieb Mona vor ihm stehen. »Sorry, ich suche mein Geld«, sagte er. Er hob den Kopf, aber mied direkten Blickkontakt.

Der skandinavische Typ mit weißblonden Haaren und ebenso hellen Augenbrauen war Mona auf Anhieb sympathisch.

»Schon OK«, nuschelte sie und zwängte sich an ihm vorbei.

Nachdem er im Laden verschwunden war, setzte Mona sich in der Nähe auf eine Bank, kaute einen Müsliriegel und las weiter in ihrem Roman über Frauen, die im Schlaf von Kokons eingehüllt wurden.

Ein paar Minuten später kam der Blonde mit zwei Wasserflaschen unter dem Arm aus dem Laden. Erst trat er von einem Fuß auf den anderen, dann schlenderte er in Monas Richtung. Er war einen halben Kopf kleiner als sie und unter seinem schwarzen T-Shirt, das irgendein Bandlogo zierte, zeichnete sich ein Bauchansatz ab. Seine Haare waren ihm halb über die Ohren gewachsen, sein Teint war rosig.

»King, hm?«, sagte er. »Ganz schön dickes Buch, um es über den Trail zu schleppen.«

Mona zuckte mit den Schultern.

Er fragte: »Wirst du hier übernachten?«

»Glaub schon. Und du?«

»Ja. Bis zum nächsten Shelter ist es mir zu weit. Ich habe Blasen an den Füßen.«

»Ich hoffe, es ist nicht so eng und voll wie in diesen Schutzhütten. Die stinkenden Sachen überall und das Schnarchen ... Da habe ich mich noch nicht dran gewöhnt.«

Er lachte. Mona fügte hinzu: »Ich glaube, ich werde in Zukunft häufiger mein Zelt nutzen. Wie heißt du?«

»Ove.«

»Ich bin Mona.«

10

Ove holte Tabak, Papers und einen durchsichtigen Beutel mit Gras aus seiner Hosentasche und begann, sich einen Joint zu drehen.

»Woher kommst du?«, fragte Mona.

»Oslo. Du bist Amerikanerin?«

»Ja, aus Kalifornien.«

Nach seinem ersten Zug hielt Ove Mona den Joint hin.

»Willst du mal ziehen?«

»Nein, danke.«

Zuhause kiffte Mona gelegentlich mit Joe, auch wenn ihre Mitbewohnerinnen es hassten, aber hier war ihr nicht danach. Selbst Zigaretten hatte sie nur wenige dabei. Nur alle paar Tage hatte sie sich eine gönnen wollen, jetzt aber schon mehr verbraucht als vorgesehen.

Ove zog weiter an seinem Joint. »Eigentlich heiße ich ja Potbag.«

»Potbag?«

»Wegen dem hier.«

Er hielt die Tüte mit Gras hoch.

»Nicht sehr nett, der Name.«

»Waren die Leute auch nicht, die ihn mir gegeben haben. Aber ist mir scheißegal.«

»Ich bin Camera.«

»Hallo, Camera.« Er sah sie nicht an. War er schüchtern oder eigenbrötlerisch? Immerhin hatte er mit ihr teilen wollen.

»Gehst du oft wandern?«, fragte Mona. »Bei dir zu Hause in Norwegen muss das doch herrlich sein.«

»Wenn ich meinen Arsch hochkriege.«

Mona lachte. »Ich weiß, was du meinst.«

Ove schaute nach oben in die Baumkronen. »Wenn ich es schaffe, fühlt es sich wie eine Rückkehr zu mir selbst an. Die Natur gibt mir mehr Kraft als alles andere. Musik kann da vielleicht noch mithalten. Na ja, und das hier.« Er hob kurz die Hand, die den Joint hielt. »Aber auch das ist schließlich reine Natur.«

Er grinste schief und sah sie jetzt verlegen an.

»Ein Freund der Natur, das gefällt mir! Ich studiere sie. So richtig an einer Universität! Manchmal kann ich das selbst nicht glauben.«

»Macht es dir denn Spaß?«

»Ja, es läuft sogar ganz gut. Aber eine Pause habe ich trotzdem gebraucht. Damit ich mir das Studium leisten kann, jobbe ich jedes zweite Wochenende die Nächte durch in einer Bar. Muss dann trotzdem früh hoch und lernen. Lange hält man das nicht durch.«

»Die Disziplin hätte ich erst gar nicht, Respekt.«

»Ach. Wäre ich diszipliniert, säße ich wohl jetzt nicht hier im Wald herum.«

Ove entgegnete nichts und rauchte auf, während Mona sich wieder in ihr Buch vertiefte.

Nachdem sich beide ein Bett im Hostel gesichert hatten, startete Mona einen Waschgang und aß ein Sandwich. Am

Logbuch von Neel's Gap traf sie Ove wieder, der mit sicherer Hand eine Skizze der umliegenden Häuser hineinzeichnete. Mona überflog die Einträge einiger Wanderer vom Vortag. Ein Zweizeiler mit ausschweifenden Buchstaben trug die Unterschrift *Professor*. Darunter hatte jemand in kleiner, ordentlicher Schrift »Danke für die Waschmaschinen und den tollen Shop« geschrieben und mit *Necklace* unterzeichnet.

Später, zurück auf ihrer Bank, erzählte Ove, wie er sich in seiner norwegischen Heimat mit verschiedenen Jobs durchgeschlagen hatte und nun überlegte, ein eigenes Geschäft zu eröffnen, ohne aber genau zu wissen, was er eigentlich verkaufen wollte. Der unaufgeregte Typ, der sich ihr einfach so angeschlossen hatte, erinnerte Mona an ihren Cousin Melvin, der eines der wenigen Kinder gewesen war, mit denen sie gerne gespielt hatte.

Nachdem er einen zweiten Joint geraucht hatte, fragte Ove: »Wann wirst du morgen früh aufbrechen?«

»Bestimmt ziemlich früh. Ich liebe die frische Luft früh morgens.«

»Ich auch. Gute Nacht, Camera. Nett, dich getroffen zu haben. Man sieht sich!«

Wieder sah er sie nicht an, als er aufstand.

»Gute Nacht«, erwiderte Mona und ertappte sich bei dem Wunsch, er würde noch nicht gehen.

Ihr Zimmer im Hostel teilte sie mit fünf anderen Hikern. Die ganze Nacht über musste ständig jemand aufs Klo, stolperte im Dunkeln über einen Rucksack oder raschelte in Tüten herum. Darum ergriff Mona schon am frühen Morgen die Flucht.

Nach ihrer Unterhaltung war sie davon ausgegangen, dass Ove und sie die Etappe gemeinsam starten würden. Doch nun war er nirgends zu entdecken.

Bei den Waschmaschinen traf sie Chipmunk, einen kleinen, schlaksigen Amerikaner, mit dem sich Ove am Vorabend kurz unterhalten hatte. Sie fragte ihn, ob er Ove gesehen hätte.

»Potbag?«, fragte Chipmunk und lachte, wobei sich seine Stimme überschlug. »Der ist längst los. Ist immer der erste morgens.«

Er bückte sich, um seine Wäsche aus der Trommel zu holen.

»Oh«, war alles, was Mona darauf sagen konnte.

Sie verschwand, suchte ihr Zeug zusammen und wanderte los.

Auf dem Trail kreisten ihre Gedanken um den Abend mit Ove.

Waren sie nicht verabredet gewesen? Sie erinnerte sich nicht mehr genau und kam sich dumm vor.

Die nächste Steigung erklomm sie geradezu verbissen, obwohl es ihr den Atem nahm. Nur so konnte sie das Gefühl schnell abschütteln und am Wegesrand liegenlassen.

Sie war nicht hergekommen, um irgendwem nachzulaufen.

11

Er sagt, sein Name sei Odin«, sagte die junge Frau zu ihren beiden Weggefährten.

Caspar hörte ihren halb belustigten, halb irritierten Unterton. *Total schräger Typ, am besten ignorieren*, sagte dieser Ton so deutlich, dass sie es ebenso hätte laut rufen können.

Caspar war sein Leben lang daran gewöhnt. Er hatte nie viele Freunde gehabt und konnte auf die Gesellschaft von Menschen gut verzichten. Selbst der Appalachian Trail war ihm diesmal auf manchen Abschnitten zu bevölkert. All die gedankenlosen Trampeltiere, die überall Müll hinterließen, widerten ihn an. Sie lärmten herum und hatten nicht die leiseste Ahnung davon, wovon sie umgeben waren.

Für gewöhnliche Menschen waren die Bäume nur Kulisse, wie Hochhäuser in einer Stadt; für Caspar waren es heilige Hallen, erfüllt von so viel Energie, so viel Macht, dass menschliche Wesen darin kümmerlich wirkten.

Wie es sich anfühlte, darin zu leben, hatte er fast vergessen, obwohl es ihm einst selbst solche Kraft gegeben hatte. Der Trail würde ihm helfen, aber nur, wenn er es schaffte, lästige Gesellschaft auszublenden – wie jene Gestalten, die dort vor dem Woods Hole Shelter saßen. Die schauten abwechselnd verstohlen zu ihm herüber und raunten sich zu wie Teenager auf einem Schulhof.

Sollte er nicht zu ihnen gehen und einige Fragen stellen, die sie erst recht verwirren würden?

Der Versuchung widerstand Caspar. Er musste sich auf sich selbst konzentrieren.

Während er Wasser erhitzte, aß er ein Stück Brot und Trockenfrüchte. Aus einem kleinen Beutel nahm er ein Bündel getrockneter Kräuter und zerbröselte sie über dem heißen Wasser.

ᛏ ᚠ ᛉ

Die Sonne stand tief und die drei Wanderer hatten sich bereits in ihre Zelte verzogen. Caspar saß allein neben dem Shelter auf einer Bank und trank von dem wärmenden Kräutertee, bevor er eine winzige Prise gemahlene Iboga-Wurzel hinzugab. Es schmeckte grauenhaft, hatte aber bisher nie seine Wirkung verfehlt.

Er ließ die dampfende Flüssigkeit noch einen Moment abkühlen, dann trank er den Becher in einem Zug leer.

Der bittere Nachgeschmack des Pulvers heftete sich an seine Zunge.

Das Herzrasen begann.

Er lief den leicht abfallenden Pfad zurück bis zu der Kehre am Felsvorsprung. Über scharfkantigen Stein kletterte Caspar bis auf dessen Spitze. Tief unten schimmerte ein schmaler Flusslauf im letzten Tageslicht.

Ketten von dicken Wolken zogen über den Abendhimmel. Kräftiger Wind kam auf, ließ die Bäume um ihn herum rauschen. Es steigerte sich zu einem Brausen und Heulen, als wäre ein Orkan losgebrochen.

Caspar triumphierte. Der graue Vorhang vor all seinen Sinnen hob sich. Er roch den Boden des Waldes, vermodernd und so lebendig wie nichts anderes. Der Fels vibrierte vor Energie.

Unter ihm geriet das ganze Tal in Aufruhr wie ein sturmgepeitschtes Meer. Und endlich waren sie da: Hunderte Schatten huschten durch sie Senke. Sie rührten nicht nur von den Wolken her; an mehreren Stellen zog sich die Dunkelheit zu Schemen zusammen. Vor ihm, über ihm, unter ihm formten sie sich aus dem Nichts, verharrten mal reglos, jagten dann wieder über die Baumwipfel oder zwischen ihnen hindurch, und verschwanden wieder.

Normale Menschen sahen diese Wesen nicht. Aber er kannte sie, seit er ein kleiner Junge gewesen war.

Und sie kannten *ihn*.

»Hier bin ich!«, schrie Caspar.

Das Brausen im Wind war nichts anderes als das Gewirr ihrer Stimmen, ein gewaltiger Chor.

Caspar horchte angestrengt und beobachtete ihr wildes Treiben, ohne einen Funken Angst angesichts des Abgrunds, der sich wenige Schritte vor ihm auftat.

Dass auch sie mit ihm Kontakt aufnahmen, hatte ihm immer schon das Gefühl gegeben, etwas Besonderes zu sein. Ja, auch andere teilten seine Gabe. Aber sie vertrauten doch niemandem so wie ihm!

Kühle Berührungen in seinem Gesicht.

Er wartete auf ihre Antwort. Doch ihr Gebrüll blieb unverständlich.

Die Naturgewalten ignorierten ihn.

Wie war das möglich? Konnten sie einen so einmaligen Pakt einfach vergessen?

»Hört mich an!«, schrie er in das Brausen hinein. »Es ist Zeit, dass wir unser Bündnis erneuern! Ich werde eine neue Gefolgschaft haben, wir werden wachsen!«

Statt leiser zu werden, um ihm Gehör zu verschaffen, schwoll ihr Heulen an.

Sie *verhöhnten* ihn.

Sein Gesicht verzerrte sich zu einer wütenden Grimasse.

Menschliche Stimmen näherten sich auf dem Pfad hinter ihm.

»Hey, du Schwachmat! Kannst du mal die Klappe halten? Wir versuchen hier zu schlafen!«

Mehrere lachten laut.

Caspar drehte sich um, das Geheul der Gestalten im Wind war fast verstummt.

Zu viert standen sie auf dem Weg, zwei junge Frauen, ein älterer und ein jüngerer Mann, keine zehn Meter entfernt.

Was mischten diese Ahnungslosen sich ein?

Der ältere Typ fixierte Caspar.

»Er sollte lieber da runterkommen.«

»Der hat doch zu viel geraucht«, sagte eine der Frauen.

Der jüngere Mann wagte einen Schritt auf den Felsen, streckte Caspar eine Hand hin. »Komm her, Odin, das ist doch dein Name? Sonst gibt's hier noch ein Unglück.«

Der mitleidige Ton dieses dahergelaufenen Wichts brachte das Fass zum Überlaufen. Caspar sprang auf ihn zu, stieß die ausgestreckte Hand weg und schlug ihm die Faust ins Gesicht.

Der Hänfling mit zerzaustem Bart taumelte rückwärts, kam ins Stolpern und fiel auf den Rücken, bevor die anderen ihn auffangen konnten.

»Du verrücktes Arschloch!«, schrie eine der beiden Frauen.

Sie versuchten, Caspar festzuhalten, doch der hatte sich schon auf ihren Kumpel gestürzt und verpasste ihm weitere

Fausthiebe. Der schrie auf und versuchte vergebens, sich wegzudrehen.

Caspar traf ihn unter dem Auge, an der Schläfe, am Kieferknochen. Die Nase blutete längst. Die Knöchel seiner Hand schmerzten von den Hieben, aber das merkte er kaum.

Der ältere Mann zog eher kraftlos an Caspars Schulter. »Lass ihn, du schlägst ihn ja bewusstlos!«

Erst als die beiden Frauen hinzukamen, gelang es ihnen zu dritt, Caspar wegzuziehen. Der schlug um sich und schaffte es fast, sich loszureißen. Doch dann näherten sich weitere Gestalten, angelockt vom Geschrei. Das Licht einer Taschenlampe blendete Caspar.

Keuchend und mit rasendem Herzschlag stand er auf dem Pfad. Allein kam er gegen all diese Dummköpfe nicht an.

»Dreckspack!«, bellte er den Neuankömmlingen entgegen.

»Verschwinde hier!«, entgegnete einer von ihnen.

»Bist du hier der Sheriff, oder was?«, blaffte Caspar ihn an.

Unter den skeptischen Blicken der anderen lief er zum Shelter zurück, raffte seine Sachen zusammen und verschwand in der Nacht.

Teil 3

Unterwegs

12

Elisabeth hockte sich hin, um ihre Schnürsenkel zu lockern, und verzog das Gesicht. Der ziehende Schmerz über der Kniescheibe war immer schlimmer geworden. Gott sei Dank war sie früh an der Schutzhütte angekommen, wo bisher noch kein anderer Hiker sein Nachtlager aufgeschlagen hatte. Erst in zwei Stunden würde es dunkel werden.

Die Hütte mit ihrem großzügigen Vordach war umgeben von jungen Bäumen. Am Wegesrand verkündete weiße Farbe auf einem Holzschild den Namen ›Deep Gap Shelter‹.

Auf der Bank vor dem Shelter ruhte Elisabeth ihr strapaziertes Knie aus, setzte Wasser auf und rührte damit eines der Fertiggerichte an.

Oriental Flavor.

Wie bekam man den Geschmack des Orients in eine Handvoll Pulver und trockene Nudeln?

Schon jetzt vermisste sie selbst gemachte Mahlzeiten. Frisches Brot, Gemüse und Salat. Sogar das Steak, auf das sie alle paar Monate Heißhunger bekam.

Beim Essen blätterte Elisabeth im Logbuch des Shelters, ohne bekannte Namen zu entdecken. Hier und da sah sie sich ältere Einträge genauer an. Manche dankten Gott für die wunderbare Natur und die Kraft, die er ihnen auf diesem Weg gab. Andere hinterließen schlicht Trailnamen und Datum oder nutzten das Logbuch für Scherze und kreative Zeichnungen. Ein Hiker namens Band-Aid hatte auf virtuose Weise seinen Hund gezeichnet, ein zotteliges Tier mit großem Kopf und müden Augen. Unter der Skizze stand der Satz »Ohne dich wäre ich nie so weit gekommen.«

Elisabeth legte das Buch zurück, als sich ein junger Mann mit hellblonden Haaren näherte. Verschwitzt und mit rotem Gesicht befreite er sich von der Last seines Gepäcks und sagte »Hi«, ohne Elisabeth direkt anzusehen.

»Hi«, erwiderte Elisabeth. »Weit gelaufen heute?«

»Nein. Ich weiß nicht. Zehn Meilen vielleicht oder zwölf.«

Der junge Mann sprach mit leichtem Akzent, Amerikaner war er jedenfalls nicht.

»Nicht schlecht! Bei mir waren es gerade mal acht. Mein Knie ärgert mich.«

Der Blonde sagte nichts.

»Ich bin Professor.«

Zum ersten Mal stellte Elisabeth sich selbst mit ihrem Trailnamen vor und es fühlte sich gut an.

»Potbag.«

»Potbag? Schleppst du so viele Töpfe herum?«

»Nein, Gras.«

»Gras?«

»Marihuana.«

»Ah, verstehe.«

»Möchtest du?«

»Nein, danke.«

Elisabeths letzter Joint lag mindestens zwanzig Jahre zurück. Natürlich hatte sie ihn mit Harald geteilt. Sie waren an einem Sommerabend auf dem Weg zu einem Konzert gewesen.

Es verging tatsächlich nicht ein Tag auf dem Trail, ohne dass eine solche Erinnerung auftauchte.

Potbag machte sich daran, sein Abendessen zuzubereiten. Danach verstaute er seine Vorräte in einer Bear Bag, die er mit Hilfe von Seil und Karabiner an einem Ast in einigem Abstand vom Shelter befestigte, außer Reichweite von Bären. Elisabeth vertraute darauf, dass es sich dabei um die übertriebene Vorsichtsmaßnahme ängstlicher Großstädter handelte. Doch es war nicht nur praktisch wegen der Bären; wenn man in den offenen Sheltern schlief, tummelten sich dort nachts häufig Mäuse, die sich über alles Essbare hermachten, das nicht nagesicher aufbewahrt war. Elisabeth hatte sich bisher mit diversen Plastikbeuteln und -dosen beholfen, bezweifelte aber, dass eine hungrige Maus mit scharfen Zähnen sich davon abhalten ließ. Im Zelt waren die Vorräte davor wohl sicher.

Potbag verschwand im Inneren des Shelters, während sie draußen blieb, um ihr Tagebuch zu schreiben. Nachdem sie eine Seite geschrieben hatte, ließ sie den Stift fallen, schloss die Augen, lehnte ihren Kopf an die Holzwand, die noch immer warm von der Sonne war, und schlief schnell ein.

Stimmen näherten sich.

Elisabeth öffnete die Augen, die Hütte lag nun im Schatten. Unweit von ihr saß Potbag auf dem Boden der Veranda und rauchte. Er winkte ihr zu.

Drei Personen traten hintereinander auf die Lichtung. Zwei erkannte sie als Necklace und Black Bear. Das Wiedersehen versetzte Elisabeth nicht gerade in Euphorie. Das Pärchen war nett, aber ein wenig einfältig – und immer noch frisch verliebt, als Gesellschaft für eine Alleinreisende wie sie somit auf Dauer denkbar ungeeignet.

Den beiden folgte eine hoch aufgeschossene, junge Schwarze mit Afro. Sie trug Piercings an Nase und Unterlippe.

»Camera!« Oves Gesicht hellte sich auf eine Weise auf, die Elisabeth bis eben nicht für möglich gehalten hatte. »Da bist du ja wieder!«

Die beiden umarmten sich kurz.

»Das ist Camera«, stellte Potbag die Neuangekommene vor. »Wir haben uns in Neel's Gap getroffen.«

»Freut mich, Camera«, sagte Elisabeth. »Ich bin Professor.«

»Hi, Professor! Ich schätze, das ist das Deep Gap Shelter?«

»Genau, wenn ich mich nicht ...« Elisabeth zeigte auf das Holzschild mit dem Namen des Unterschlupfs und stutzte. Die weiße Schrift darauf, die vor wenigen Stunden noch wie frisch hingepinselt ausgesehen hatte, war kaum zu erkennen.

Sie ging hinüber und beugte sich zu dem Schild hinab. Es war mit einem grünlichen Belag überzogen. Mit der Hand wischte Elisabeth einmal darüber. Damit verteilte sie das Zeug nur auf dem Holz, die Aufschrift blieb unleserlich.

»Seltsam«, sagte sie leise. »Jedenfalls steht der Name hier.«

»Wenn du es sagst«, sagte Camera und lachte.

Necklace und Black Bear bezogen ihr Lager im Shelter.

»Schläfst du nicht hier bei uns?«, fragte Necklace Camera, die ihr Zelt auspackte.

»Tut mir leid, ich fürchte mich ein bisschen vor Spinnen, Käfern und alldem. Das ist so ziemlich das Einzige, was mir an der Natur nicht gefällt.«

Als die Dunkelheit hereingebrochen war, saßen alle noch eine Weile zusammen draußen. Potbag, der von Camera nur mit seinem echten Namen Ove angesprochen wurde, saß mit dem Kinn auf der Brust dösend neben Elisabeth. Irgendwann blickte er auf und begann wortlos, sich einen weiteren Joint zu drehen.

Necklace fragte: »Willst du den etwa hier bei uns am Tisch rauchen?«

Ove sah überrascht auf.

»Klar, warum nicht?«

»Du kannst dir ja gern das Hirn wegkiffen, aber mach das doch bitte woanders.«

Ove machte eine beschwichtigende Handbewegung.

»Sorry, sie hasst das Zeug einfach«, versuchte Black Bear, die Wogen zu glätten.

»Du musst nicht für mich sprechen!«, fuhr Necklace ihn an.

Black Bear winkte ab.

Ove rollte mit den Augen, zündete den Joint an, nahm einen Zug und stieß den Rauch aus, der Elisabeth in die Nase stieg. Dann sagte er zu Necklace: »Du bist anscheinend die Einzige, die hier ein Problem damit hat. Und ich bin bestimmt nicht ausgerechnet hierhergekommen, damit mir Leute sagen, was ich tun und lassen soll.«

»Arschloch.« Necklace stand abrupt auf.

»Leute, ist das euer Ernst?«, sagte Elisabeth in ruhigem Ton. Unwillkürlich rutschte sie in die Rolle der Streitschlichterin, jahrzehntelange Gewohnheit aus dem Schulalltag. »Du hast recht, Ove, dafür sind wir alle nicht hier. Trotzdem wäre es nett, wenn du Rücksicht nimmst und kurz woanders rauchen gehst. Wenn ich dich nun etwas freundlicher darum bitte, als Necklace das getan hat?«

Ove machte ein verächtliches »Pfff« und erhob sich.

Die Gespräche waren für diesen Abend gelaufen. Nach und nach standen alle auf und gingen schlafen.

Spät in der Nacht wurde Elisabeth wach. Vom Shelter drang das abwechselnde Schnarchen von Necklace und Black Bear herüber. So leise wie möglich suchte sie in ihrem Rucksack nach den Ohrstöpseln.

Es war ihr stets ein wenig unheimlich, wie sich die weichen Dinger in ihren Ohren nach dem Zusammendrücken ausbreiteten und schließlich jeden Laut komplett abschirmten.

Manchmal könnte es hier draußen doch hilfreich sein, ein Geräusch so früh wie möglich zu hören.

13

Caspar an Milton

Mein lieber Milton,
  mehrere Wochen schon bin ich auf Eurem Trail unterwegs

und fühle mich immer noch verloren. Zu viel ist passiert, seit ich das letzte Mal hier war. Die Welt hat sich verändert, auch ich habe mich verändert, und ich habe das Gefühl, sie und ich sind einander fremd geworden.

Ich setze große Hoffnungen auf Euch und das Serene Mountain Inn, auf ein neues Zuhause. Bis dahin muss ich stark bleiben und neue Impulse auf diesem Weg finden. Ich ahne, dass ich mich dafür den Menschen hier öffnen muss, auch wenn sie es mir nicht leicht machen, oder besser: sie es so oft nicht wert scheinen!

Trotz aller Verunsicherung glaube ich an meine Fähigkeiten und daran, dass ich zu etwas Besonderem berufen bin. Aber am stärksten bin ich, wenn mich ein Kreis von Menschen umgibt, die das verstehen und mindestens so sehr daran glauben wie ich selbst.

Das wird der Fall sein, wenn ich bei euch eintreffe. Aber ich möchte den Rest des Weges nicht allein gehen.

Es ist stets ein Wagnis für mich, doch ich muss die Menschen finden, die für unsere Gemeinschaft ein Gewinn sein könnten.

Ich weiß, dass Ihr an mich glaubt.

Dein Caspar

14

Mona fand, sie hatte es gut getroffen. Das Wandern fiel ihr erstaunlich leicht und in Gesellschaft von Ove und Professor fühlte sie sich wohl. Sie waren ein ungleiches Trio, sich aber doch in vielen Dingen einig, vom Lauftempo über den Tagesrhythmus bis hin zu politischen Fragen. Seit knapp zwei Wochen bewältigten sie den Trail gemeinsam. Wenn sie sich mal für ein paar Stunden aus den Augen verloren, verbrachten sie die Abende zusammen und brachen morgens gleichzeitig auf. Monas Körper gewöhnte sich an den Rhythmus und steckte anstrengende Passagen nun leichter weg. Ein Gefühl der Entschleunigung stellte sich ein, wie sie es zwischen Studium, Job und Partys seit Jahren nicht gekannt hatte.

Ove war ausgesprochen nett zu ihr, aber auch eigenbrötlerisch, brachte oft stundenlang kaum mehr als ein Brummen heraus und lief gerne mal einige Kilometer für sich allein. Das machte ihn Mona nicht weniger sympathisch, im Gegenteil. Je mehr Zeit sie mit ihm verbrachte, desto mehr mochte sie ihn, für seine entspannte Art, seine Klugheit und Bescheidenheit.

Professor war aufgeschlossen und interessiert, ohne aufdringlich zu sein. Mona wünschte sich, es gäbe an ihrer Uni Dozentinnen wie sie. Gewiss hatte Professor keine Probleme, sich gegen vorlaute Teenager durchzusetzen. Sie schien wie gemacht für den Job: meinungsstark, gleichzeitig sensibel und tolerant. Mit ihren ergrauten Haaren und ihrem faltigen Gesicht sah man Professor Erfahrung und vielleicht auch Schicksalsschläge an. Aber obwohl ihr das Knie zu schaffen machte, war sie an den meisten Tagen fitter als Mona und Ove zusammen.

Nach einer kurzen und leichten Etappe, auf der sie hauptsächlich bergab gelaufen waren, saßen sie am Ufer des Fontana Lake und schauten dem Sonnenuntergang zu. Was für ein befreiendes Gefühl, die Nacht einmal nicht im dichten Wald, sondern am Ufer eines Sees zu verbringen!

Mona fotografierte die Wasseroberfläche im rötlichen Sonnenlicht. Ove aß einige Pop-Tarts – flache, gefüllte Teigteile, die man normalerweise getoastet, in der Wildnis aber notgedrungen roh zu sich nahm. Es gab sie in den verschiedensten Geschmacksrichtungen, von Marshmallow bis Wassermelone. Mona fand sie allesamt widerlich. Oves Rucksack beinhaltete einen scheinbar unerschöpflichen Vorrat an diesen Dingern. Zwei davon verschlang er nun und lief danach allein hinunter zum Seeufer.

Mona und Professor hatten Isomatten und Schlafsäcke vor die Zelte gelegt. Schnell wurde es kühler. Professor erhitzte Wasser in ihrem Topf, um sich einen Kräutertee aufzugießen. Mona hielt ihren Metallbecher hin, den Professor vorsichtig mit der dampfenden Flüssigkeit füllte.

»Vermisst du dein Zuhause?«, fragte Professor.

Mona dachte nach. »Nicht so richtig«, sagte sie dann.

»Auch nicht deine Freunde?«

»Manchmal schon. Aber es tut auch gut, mal Abstand zu gewinnen.«

»Und deine Eltern?«

Mona zuckte mit den Schultern. »Wir sehen uns sowieso nicht oft.«

»Aber ihr versteht euch gut?«

»Ganz gut, ja ...«

Bei den meisten anderen hätte Mona die Unterhaltung wohl im Sand verlaufen lassen, weil sie keine Lust hatte, über ihre Familie zu sprechen.

»Obwohl, mit meiner Mutter eigentlich nicht. Das soll nicht heißen, dass wir streiten. Wir ... Ich weiß auch nicht.« Sie schüttelte den Kopf. »Sie findet es nicht gut, dass ich diese Reise mache. Sie hat es lieber, wenn alles in geordneten Bahnen verläuft. Aber sie weiß ganz genau, dass ich anders bin. Wenn sie gegen etwas ist, mache ich es erst recht. War schon immer so.«

»Und mit deinem Vater ist das anders?«

»Ganz anders.«

»Wie ist er so?«

»Er ist auch Wissenschaftler. Meeresbiologe.«

»Dann hast du das von ihm, das Interesse an der Natur.«

»Als ich klein war, hat er mir viel gezeigt und erklärt. Er ist sehr gut darin, ich habe ihm immer gern zugehört.«

»Und nun hat er dir das Geld für den Trip gegeben. Er scheint ein toller Papa zu sein!«

»Er hat mich sogar regelrecht zu dieser Reise überredet. Natürlich wollte ich sie sowieso machen, aber erst als er mir Mut zugeredet hat, war für mich alles klar.«

»Das finde ich großartig.«

Mona lächelte Professor kurz zu, dann wandte sie sich ab. Wie aus dem Nichts waren ihr Tränen in die Augen gestiegen.

Sie atmete einmal tief durch.

»Ja, er ist schwer in Ordnung. Er hat mich immer unterstützt. Und was ist mit dir? Denkst du an deine Familie?«

»Manchmal«, sagte Professor. »Meine Mutter ist vor Kurzem gestorben, daran denke ich natürlich noch oft. Sie war gerade 80 geworden und bekam dann die Krebs-Diagnose. Fünf Monate später war sie tot.«

»Das tut mir leid. Und dein Vater? Lebt er noch?«

»Nein, er ist schon länger tot. Auch ihn habe ich lange sehr vermisst.«

Mona schenkte ihr einen mitfühlenden Blick.

»Und dann war da noch mein Harald. Mein lieber Harald.«

»Dein Mann?«

Professor lachte laut auf. Das konnte sie offenbar immer.

»Nein! Der war nicht mein Mann. Aber ein sehr lieber, sehr guter Freund.«

»Er ist auch gestorben?«

»Ja. Er ist erschossen worden. Du erinnerst dich bestimmt an die Attentate in Paris?«

Mona riss die Augen auf. »Er war dort?«

»Ja, auf dem Konzert im Bataclan. Er war mit Klaus da, einem Freund. Der hat es raus geschafft. Die haben da drinnen wahllos Leute erschossen. Klaus wurde zu Boden gerissen, aber nicht getroffen. Er hat sich totgestellt, während Harry neben ihm verblutet ist. Als die Sanitäter kamen, war er längst tot.«

Professor berichtete das sachlich.

»Grauenvoll«, sagte Mona tonlos.

»Du sagst es! Wir waren seit über 30 Jahren Freunde. Meine Mutter konnte ich wenigstens verabschieden. Aber dass Harry weg ist, kann ich immer noch nicht fassen. Wir sind früher immer gemeinsam auf Rockkonzerte gegangen und im Gegensatz zu mir hat er nie damit aufgehört. Die Musik war eine Konstante in seinem Leben, wie unsere Freundschaft. Ich denke viel an ihn, besonders hier. Der AT hätte ihm sehr gefallen.«

Mona nickte.

In 30 Jahren würde sie in etwa so alt wie Professor jetzt sein. Würde sie dann solche Freunde haben, die sie ihr ganzes erwachsenes Leben lang begleiteten? Wären Joe und Vivian dann noch bei ihr oder längst aus ihrem Leben verschwunden?

»Ist dein Vater früher mit dir gewandert?«, fragte Professor. »Vielleicht wäre er ja auch gern mitgekommen!«

»Ja, wir waren früher viel zusammen draußen. Aber so weit weg von zu Hause, das ist nichts für ihn. Er fährt nicht gerne Auto und hat Angst vor dem Fliegen.«

»Aber dich hat er nicht davon abzuhalten versucht, in den Flieger zu steigen, im Gegenteil.«

»Nein. Sowas würde er nicht tun. Ich soll tun, was mich glücklich macht.«

»Recht hat er.«

15

Elisabeths Tagebuch

19. April 2018. Fontana Dam Shelter, North Carolina

Ich bin dankbar, die Bekanntschaft von Camera gemacht zu haben! Eine junge Frau, die sich nicht nur für sich selbst interessiert und sich ganz allein auf das große Abenteuer des AT einlässt. Mit Anfang 20 wäre ich damals nicht einmal auf die Idee gekommen, weil ich eine solche Streberin war.

Es war schön, heute mehr über sie zu erfahren und es tat unglaublich gut, über das vergangene Jahr zu reden. Ich hoffe, ich habe sie damit nicht abgeschreckt. Es würde mich freuen, wenn unsere gemeinsame Zeit auf dem AT noch nicht vorbei ist.

Mein letzter Gedanke für heute gilt wieder meinem Harry. Wie sehr dir unser Camp hier am Ufer gefallen hätte! Ich denke an die Sommerabende am Unterbacher See, an denen du deine Gitarre dabeihattest. Ich habe immer darüber gestaunt, wie Dich die Musik zum Strahlen gebracht hat.

Du wirst unersetzlich bleiben!

16

Nördlich des Fontana Lake begannen die Great Smoky Mountains, graublaue, unwirklich aussehende Gipfel, die hoch und spitz aufragten. Mona war mit Ove unterwegs. Professor lief weit hinter ihnen; ihr Knie zwang sie dazu, auf ihr Lauftempo zu achten, aber sie schien ohnehin allein sein zu wollen.

Mona dachte an das Gespräch vom Vorabend. Ob es Professor in den Knochen steckte?

Schon seit Stunden liefen sie steil bergauf, im dichten Wald unter tiefhängenden, weißen Wolken. Mona fotografierte Pflanzen und zeigte Ove Poison Ivy, das bei Wandernden für juckende und schmerzhafte Entzündungen berüchtigt war.

Obwohl es kühler war als in den Tagen zuvor, war Monas Rücken nass vom Schweiß. Ihr Rucksack war vollgestopft mit neuen Vorräten aus dem Fontana Village.

Zwei junge Frauen überholten sie.

»Hi, Potbag«, rief die erste im Vorbeigehen.

»Hi, wie geht's?«

»Wir gehen zum Shuckstack Firetower«, sagte die zweite. »Kommt ihr mit?«

Der Aussichtsturm lag abseits des Trails. Ein wenig vertrauenserweckendes Metallgerippe ragte aus den Wipfeln hervor wie ein abgestorbener Baum. Keine zehn Pferde hätten Mona da hinaufzwingen können.

»Ich denke, wir verzichten«, sagte Ove. »Habt ihr zwei jetzt endlich Trailnamen?«

»Ich bin Pockets«, rief Megan. »Sie ist Pretzels. Futtert ständig diese kleinen Salzbrezel, weißt du noch? Und wer ist deine Freundin?«

»Das ist Camera.«

Die drei Frauen grüßten sich knapp. Doch schon verabschiedeten sich Pockets und Pretzels wieder und strebten auf den Turm zu.

»Bei dem Nebel heute wird es sowieso keine große Aussicht geben«, murmelte Ove, als die beiden verschwunden waren. »Alles OK bei dir?«

»Ja, wieso?«

»Du bist noch stiller als sonst. Das war Professor heute Morgen auch. Habt ihr euch gestritten?«

»Im Gegenteil. Wir haben lange geredet gestern Abend, auch über ernstere Themen. Sie hatte es nicht leicht in letzter Zeit …«

»Warum nicht?«

»Das soll sie dir lieber selbst erzählen, wenn sie möchte.«

Ove schwieg und Mona bekam ein schlechtes Gewissen.

»Wahrscheinlich schleppen alle irgendwelche Sorgen hierher«, sagte sie.

»Tust du das denn?«

»Nicht direkt Sorgen. Aber ich habe mich zuletzt gefühlt wie eine ausgepresste Pampelmuse. Lernen, arbeiten, lernen, arbeiten. Zwischendurch Parties und Hangover. Das hier ist meine Notbremse.«

»Eine sehr reife Entscheidung! Finde ich sehr sympathisch.«

»Und was schleppst du mit dir herum?«

Ove zuckte mit den Schultern.

»Nichts Besonderes. Nur dass ich immer noch keinen Plan habe, was ich mit meinem Leben anstellen will.«

Er lachte verlegen.

»Du bist doch jetzt hier. Also stellst du schon was an!«

Er gab ihr einen freundschaftlichen Schubser.

»Du hast immer eine Antwort parat, was?«

Sie lachten beide.

»Meistens finde ich es total in Ordnung, wie es ist«, sagte Ove. »Ich lasse gern alles auf mich zukommen. Aber manchmal kriege ich trotzdem die Panik.«

»Die kommt die Erleuchtung ja hier auf dem Weg.«

Ove sah sie skeptisch an.

»Das meine ich ernst!«, sagte Mona.

Den Abend verbrachten sie am Russell Field Shelter. Dort besserte sich die gedrückte Stimmung, als Stamps und Eagle zu ihnen stießen, zwei nette Amerikaner, in Begleitung von Gertrud, Stamps' dunkelbrauner Labradordame. Stamps war in Professors Alter und hatte ein ebenso zerfurchtes, aber braungebranntes Gesicht. Sein Kumpel Eagle war jünger, langhaarig und bärtig.

»Wie bist du denn auf den Namen Gertrud gekommen?«, fragte Professor.

Stamps füllte eine Plastikschale mit Wasser und stellte sie der Hündin vor die Nase. Die begann vorsichtig daraus zu schlabbern. »So hieß die Gans in dem Film ›Reise zum Mittelpunkt der Erde‹. Der mit James Mason und Pat Boone. Die war genauso eine treue Begleiterin wie meine Gertrud hier.«

»Pat Boone!«, rief Ove. »Dieser Typ, der auf Fox News behauptet hat, an Schulen würde zu wenig gebetet und darum liefen Schüler Amok?«

»Genau der«, sagte Eagle.

Unweigerlich landete die Gruppe beim Thema Trump, einem Dauerbrenner auf dem AT. Mona streichelte Gertruds Kopf, was die Hündin sichtlich genoss. Doch bald drifteten ihre Gedanken ab und sie verkroch sich in ihr Zelt. Dort schlief sie ein, während sie die anderen draußen reden hörte.

Mona fuhr hoch. Schlagartig war sie hellwach.

Ringsumher war es stockfinster und still. In der feuchten Nachtluft hing der leicht muffige Zeltgeruch.

Was hatte sie geweckt?

Sie hob den Kopf, stützte sich mit den Ellenbogen auf und lauschte.

Nun hörte sie doch etwas.

Stimmen?

Es klang wie ein tiefes, beständiges Murmeln.

In einem der Zelte in der Nähe konnte jemand nicht schlafen und hörte Radio. Das musste es sein.

Mona legte sich wieder hin.

Nur wenige Sekunden später wurden die Stimmen lauter.

Auf keinen Fall ein Radio. Irgendjemand war da draußen im Wald.

Erst hörte sie wieder nur Gemurmel. Doch dann schien jemand vor sich hin zu fluchen, abgehackt und zischend.

Mona setzte sich wieder auf und lauschte angestrengt.

Plötzlich ein Schrei.

Ihr Herz schlug schneller.

Was für ein Irrer war da draußen?

Ja, manche verrückten Hiker wanderten tatsächlich nachts. War einer von ihnen gestürzt? Vielleicht sollte sie nachsehen, wenigstens ein Stück den Trail entlanggehen. Aber sie konnte doch nicht nachts im Wald blind irgendwelchen Stimmen folgen!

Mehrere Rufe hintereinander hallten durch den Wald. Mit jedem Mal wurden sie lauter. Jemand war eindeutig in Schwierigkeiten.

War das womöglich Ove?

Von den anderen rührte sich niemand. Aber Mona konnte nicht anders. Sie kroch zum Zelteingang, schlüpfte in ihre Schuhe und warf sich eine Strickjacke über.

Finster zeichneten sich die Umrisse des Shelters vor dem Nachthimmel ab. Eagle und Stamps schliefen dort. Vermutlich auch Ove. Sie konnte dort nach ihm suchen, doch im Dunkeln würde sie niemanden erkennen und alle zu wecken würde nur Ärger geben.

Wenige Meter neben Monas Zelt stand das von Professor. Die schlief normalerweise mit Ohrstöpseln.

Unschlüssig stand Mona auf dem Pfad. Da hörte sie wieder einen Schrei, diesmal sehr nah.

Sie packte ihre Taschenlampe und lief den Trail hinauf.

Als sie die Stimme wieder hörte, wusste sie, dass sie in die richtige Richtung lief. Aber das Rufen kam nicht vom Weg, sondern aus dem Wald unter ihr.

War Ove auf einem schlechten Trip hängen geblieben? Hatte er sich verirrt?

Wieder ein Schrei. Vielleicht ein Hilferuf.

Mona lief schneller. Sich in der Finsternis von ihrem Zelt und den anderen zu entfernen, fühlte sich ganz und gar nicht richtig an. Aber was, wenn es tatsächlich Ove war? Was, wenn sie sich später fragen müsste, ob sie die Chance verpasst hatte, ihm zu helfen?

Dort, wo die Bäume weniger eng standen, lief Mona in den Wald hinein.

17

Im Licht der Taschenlampe warfen die tiefen Furchen in der Baumrinde Schatten. Kaum hatte Mona die große Esche passiert, veränderte sich ihre Umgebung. Ein Windstoß fuhr durch die Äste. Er brachte schneidende Kälte mit sich.

Vor dem Nachthimmel schwankten die Baumkronen undeutlich hin und her. Der Trail verlief hier auf dem Bergkamm; das Wetter konnte jederzeit umschlagen. Wie zur Bestätigung fegte eine zweite, heftigere Böe durch den Wald.

Ein wütender Schrei ertönte.

Die Finger an der Taschenlampe waren taub.

Warum war es hier dermaßen kalt?

Um nicht die Aufmerksamkeit auf sich zu lenken, richtete Mona das Licht auf den Boden.

Die großen Blätter eines Ahorns strichen über ihre Wange. Sie fuhr zusammen und stieß den Zweig beiseite. Lauter Baumriesen waren um sie herum, sie dazwischen wie in einer Falle.

Sie richtete das Licht nun doch auf die Stämme. Das ließ sie dick hervortreten und die Schwärze dahinter umso dichter erscheinen.

Die Windstöße wühlten den Wald auf. Mona zitterte vor Kälte. Sie wollte gerade umkehren, als ihr eine hellere Stelle an einem der Baumstämme auffiel. Etwas war dort hineingeritzt. Das Zeichen war vom Trail aus kaum zu erahnen. Es erinnerte an ein großes D mit einem Dreieck anstelle des Halbkreises und einem nach oben und unten verlängerten Längsstrich. Das Symbol war zwei Handlängen groß und mit scharfer

Klinge tief hineingeschnitten worden, das Holz darunter war frisch und hell.

Mona legte die Hand auf die beschädigte Rinde. Das Holz war seltsam warm, vielleicht nur, weil der Wind so kalt war und der Baum die Wärme des Tages gespeichert hatte.

Das Zeichen kam Mona vage bekannt vor. Erst jetzt fiel ihr auf, dass die Rufe seit einer Weile verstummt waren. Stattdessen rauschten die Bäume im eisigen Wind, als würde jeden Moment ein Unwetter losbrechen.

Es zog Mona zurück in ihr Zelt, den warmen Schlafsack, ihr kleines, privates Reich. Doch was sollte dieses seltsame Zeichen?

Sie richtete das Licht auf den nächstgelegenen Baum. Auch in den glatten Stamm der Buche war etwas eingeritzt, das vom Pfad aus nicht zu sehen war. Dieses Symbol sah aus wie ein spiegelverkehrtes R.

Vor ihr auf dem Abhang gerieten die Büsche in Bewegung. Doch diesmal nicht vom Wind.

Eine männliche Stimme rief: »Hey! Hey, wer ist da?«

Es klang aggressiv. Und es war ganz sicher nicht Ove.

Sofort drehte Mona sich um und rannte zum Weg zurück, der Gott sei Dank nur wenige Schritte entfernt war.

Wen hatte sie da gestört? Und wobei?

Sobald Mona den Trail erreicht hatte, schaltete sie ihre Taschenlampe ab.

Auf dem Waldboden hinter ihr raschelten Schritte.

»Hey!«, brüllte der Mann wieder. »Bleib stehen!«

So schnell es in der Finsternis möglich war, lief sie den Pfad hinab, den sie zwischen den Stämmen nur erahnte. Auf keinen Fall stehenbleiben!

Sie erreichte endlich ihr Zelt, ging dahinter in die Hocke und spähte zurück.

Offenbar war er ihr nicht bis hierher gefolgt. Aber hatte er gesehen, zu welchem Zelt sie gerannt war?

Wer auch immer da draußen sein Unwesen trieb, hielt vielleicht lieber Abstand von Orten, an denen andere übernachteten.

Einige Minuten saß sie im Dunkeln, bis ihre Beine steif wurden und sie vor Kälte schlotterte.

Alles blieb still.

Mona kroch so leise wie möglich ins Zelt, behielt Jacke und Schuhe an und krabbelte in den Schlafsack.

Die Kälte wurde sie irgendwann los, doch an Schlaf war in dieser Nacht nicht zu denken.

18

Harte Stunden lagen hinter Elisabeth. Sie hatte einen Albtraum gehabt, in dem auch Camera und Ove aufgetaucht waren. Sonst spielten ihre Träume eher weit in ihrer Vergangenheit oder waren gar nicht zu verorten. In diesem war Ove plötzlich durchgedreht, hatte Camera einen Abhang hinuntergestoßen und war dann Elisabeth an die Gurgel gegangen, wovon sie schlagartig aufgewacht war.

So ein Blödsinn, ausgerechnet Ove. Sie versuchte, die Bilder abzuschütteln. Wo holte das Unterbewusstsein so etwas her?

In der Nacht war es empfindlich abgekühlt. Elisabeth pulte ihre Ohrstöpsel heraus; leiser Regen klopfte auf das Zeltdach.

Alles war scheußlich kalt und klamm, ihr Schlafsack, ihre Kleidung, ihre Haare.

Sie setzte sich auf und drehte langsam den Kopf hin und her, um die schmerzenden Nackenmuskeln zu lockern. Sie massierte darauf herum, doch sie blieben hart wie Beton.

Wie an jedem Morgen im Wald kam es Elisabeth wie Ruhestörung vor, den Reißverschluss ihres Zeltes zu öffnen. Camera und Ove saßen mit Stamps und Eagle auf der Bank vor dem Shelter, unter dem Vordach vom Regen geschützt. Gertrud, die Hündin, lief von einem zum anderen. Als sie Elisabeth sah, kam sie sofort auf sie zugetrabt. Ihre feuchte Nase stupste gegen Elisabeths Handrücken.

Ove rief ihr ein müdes »Guten Morgen« zu, Camera lächelte gequält.

Elisabeth zog sich ihre Fleecejacke über und lief zur Wasserquelle. Auf dem Weg dorthin kam ihr wieder ihr Freund Harald in den Sinn. Er hatte so feine Antennen für ihre Stimmungen gehabt und immer gewusst, ob sie zum Reden oder zum Schweigen aufgelegt war. In den finstersten Momenten hatte er sie zum Lachen bringen können.

Ein Paar waren sie nie gewesen, zumindest sie hatte sich das auch nie gewünscht. Ihr Leben lang hatte sich Elisabeth wenn, dann nur in Frauen verliebt. Zwei längere Beziehungen hatte sie gehabt. Beide waren nach sechs Jahren zerbrochen, die erste laut, die zweite leise. Harry hatte das alles miterlebt, ein sicherer Hafen, der nun verschwunden war. Das hatte in Elisabeth ein tiefes Gefühl der Verlorenheit hinterlassen, mehr als der Tod der eigenen Mutter, die trotz ihrer Krankheit nach einem langen, erfüllten Leben in Frieden gegangen war.

Mit eiskaltem Wasser versuchte Elisabeth, die trüben Gedanken und die Müdigkeit wegzuspülen. Da stand Camera neben ihr und sagte: »Ich muss euch was zeigen.«

»Das sind Runen«, sagte Ove, als er mit Elisabeth und Camera zwischen den markierten Bäumen stand. »Ich kann euch nicht sagen, was genau sie bedeuten, aber es gibt Leute, die ihnen magische Kräfte zuschreiben. Ich hatte mal einen Kumpel, der ...«

»Und der Typ hat dich bedroht?«, fiel Elisabeth ihm ins Wort. Sie sah, dass die Nacht nicht spurlos an Mona vorbeigegangen war.

»Er klang ziemlich wütend, und er hat mich verfolgt«, sagte Camera. »Hätte ich abwarten sollen, bis er tatsächlich über mich herfällt?«

»Aber gesehen hast du ihn nicht?«, fragte Elisabeth.

»Es war mitten in der Nacht!«

Ratlos betrachteten sie die Zeichen. Elisabeth kamen sie albern vor, aber sie hütete sich, das gegenüber Camera zu sagen. Das nächtliche Treiben hatte sie verständlicherweise erschreckt.

»Es wird ein Nachtwanderer gewesen sein«, sagte Ove. »Einer der spirituellen Sorte.«

»Ja«, sagte Elisabeth. »Es sind hier wahrhaftig schräge Vögel unterwegs.«

»Das war nicht irgendein friedlicher Typ, der Bäume umarmt«, sagte Camera. »Ich zeige euch noch etwas.«

Sie lief an Elisabeth und Ove vorbei. Die beiden sahen sich kurz an und folgten ihr.

Das Shelter fanden sie verlassen vor, offenbar waren Stamps, Eagle und Gertrud bereits wieder auf dem Weg. Camera hielt ihnen das aufgeschlagene Logbuch entgegen. Jemand hatte sich dort mit den gleichen Runen verewigt, wie Camera sie an den Bäumen entdeckt hatte. Aber hier auf dem Papier waren sie sorgfältig mit Bleistift gezeichnet, nicht hektisch mit der Klinge geritzt. Die R-förmige Rune war hier richtig herum; in eckigen Großbuchstaben stand darunter: RAIDHO.

»Das ist der Name der Rune«, sagte Ove. »Sie hat etwas mit Reisen zu tun.«

»Als würde jemand seine Schutzengel beschwören«, sagte Elisabeth.

»Wie kommst du darauf?«, fragte Camera.

»Manche setzen Runen wie Glücksbringer ein.«

»Pfff!«, Camera, warf das Logbuch zurück ins Shelter und ging ihre Sachen packen.

Als sie wenig später aufbrachen, sagte Elisabeth zu ihr: »Ich glaube wirklich, du brauchst dir keine Sorgen zu machen.«

Kaum hatte sie das gesagt, bereute sie es, weil es so bemutternd klang.

»Ihr habt den Typ nicht gehört«, antwortete Camera, aber ohne Groll in der Stimme. »Aber keine Sorge, so schnell lasse ich mir den AT nicht vermiesen.«

Die ersten fünf Kilometer des Tages lief Camera ein Stück voraus. Der Trail war leicht zu bewältigen, da er auf gleichbleibender Höhe verlief, entlang der Grenze zwischen North

Carolina und Tennessee, die sie mehrfach kreuzten.

»Das heute Nacht hat sie schon ziemlich erschreckt, oder?«, fragte Ove mit gedämpfter Stimme, und wies mit einem Nicken auf Camera vor ihnen.

»Ja«, sagte Elisabeth. »Muss unheimlich gewesen sein.«

»Es gibt mir das Gefühl, dass ich jetzt auf sie aufpassen muss, obwohl sie ...«

»Ach, mach dir keine Gedanken. Sie braucht keinen Beschützer.«

Ove schwieg. Ob er ihre Reaktion herzlos fand?

»Außerdem sind wir doch alle eine Familie und geben aufeinander acht«, ergänzte sie.

Nein, Camera brauchte keinen Ove als Beschützer.

Aber ebenso wenig eine alte Lehrerin, die sich dafür zuständig fühlte.

Während der restlichen Etappe waren alle drei schweigsam. Elisabeth schonte ihr Knie und ließ Camera und Ove ziehen. Frischer Wind wühlte die Wälder der Smokies auf, die Sonne blieb versteckt, aber es war nicht kalt. Nach und nach schrumpften die negativen Gedanken zu Sandkörnern. Dankbar zu sein für das einzigartige Abenteuer, das war doch viel wichtiger! Schon nach wenigen Wochen des Wanderns war es, als hätte sie ihr Leben lang nichts anderes getan. Zuhause war wie im Nebel verschwunden. Man tat hier so wenig: laufen, essen, schlafen. Überleben. Doch gerade dieses Wenige war doch viel bedeutender an als die kleinen Alltagssorgen zuhause.

So kam Elisabeth wesentlich ausgeglichener als zu Beginn der Etappe am Silers Bald Shelter an. Camera und Ove waren dabei, auf der kleinen Wiese davor ihre Zelte zu errichten. Auf einer Bank vor der Holzhütte saß ein Mann, den Elisabeth noch nie gesehen hatte. Er war dabei, etwas zu schnitzen. Seine langen, glatten Haare fielen ihm ins Gesicht.

Sie nahm ihren Rucksack ab, lehnte ihn gegen die steinerne Wand des Shelters und trank einige Schlucke Wasser. Camera und Ove arbeiteten finster vor sich hin, ohne miteinander zu sprechen.

Elisabeth ging sie zu ihnen hinüber.

»Wärmen wir uns mit einem heißen Tee auf und essen dann gemeinsam? Was meint ihr?«

Ove antwortete nicht. Er sah Camera an.

Die sagte mit düsterer Miene: »Der Typ da vor dem Shelter nennt sich Odin. Er ist der Runenzeichner.«

19

H at er das selbst gesagt?«, fragte Elisabeth.

»Ja«, sagte Ove.

»Hat sich sogar entschuldigt für letzte Nacht«, sagte Camera.

»Also war er es, der dich verfolgt hat?«

Elisabeth sah zu dem Mann hinüber. Der hob im gleichen Moment den Kopf, während er weiter sein Holz schnitzte, und schaute ihr, ohne zu lächeln, in die Augen.

Er wusste, dass sie über ihn sprachen. Und er sah nicht weg.

Es war Elisabeth, die ihren Blick schließlich wieder Camera zuwandte.

»Ja«, sagte die. »Er behauptet, er habe mir nichts tun wollen, außer mit mir zu reden.«

»Er sagt, er meditiert, um mit Naturgeistern zu kommunizieren«, sagte Ove, ohne eine Spur von Verwunderung. »Er bittet sie um Beistand für seine Wanderung. Er ist so etwas wie ein Druide.«

An Camera gewandt fragte Elisabeth: »Und es ist OK für dich, hier zu schlafen, wenn er auch da ist?«

Camera überlegte, bevor sie antwortete. »Ich traue ihm nicht, aber ich lasse mich auch nicht verjagen. Ich gebe nicht so schnell klein bei. Meine Freunde zu Hause würden euch das sofort bestätigen.«

Kurz entschlossen ging Elisabeth hinüber zum Shelter.

Der Mann, der sich Odin nannte, sah ihr erwartungsvoll entgegen.

»Guten Tag!«, rief er und lächelte zum ersten Mal.

Sicher gelang es ihm mit diesem Lächeln häufig, andere zu entwaffnen.

Er war schätzungsweise Mitte 30, groß und trug die braunen Haare offen. Die Augen hoben sich dunkel vom hellen Gesicht ab. Das war an der Schläfe von einer langen Narbe gezeichnet. Bis auf die dunklen Wanderschuhe war seine Kleidung nicht die typische Allwetter-Kluft; über einem hellen Leinen-Oberteil trug er ein schwarzes Jackett aus Wildleder. Um seinen Hals hing ein silberner Anhänger, den eine weitere Rune zierte.

»Hallo, du bist also Odin? Ein echter Göttervater?«

Nun stand er auf, gab ihr sogar die Hand.

»Korrekt, und mit wem habe ich die Ehre?«

»Elisabeth. Oder Professor, wie sie mich hier nennen.«

Der Mann mit dem hochtrabenden Trailnamen nickte kurz. »Freut mich sehr, Professor. Ich nehme an, deine Freunde haben dir schon von der unglücklichen Situation letzte Nacht erzählt?«

»Ja.«

»Das ist mir unangenehm. Ich habe keinen Schlaf gefunden und die Zeit dann lieber sinnvoll genutzt.«

»Um Leute zu erschrecken.«

»Das war nicht meine Absicht, es war ein Missverständnis. Vielleicht war ich noch nicht wieder ganz bei mir. Sicher spürst du es auch: Es ist ein besonderer Ort, man muss ihn mit allen Sinnen wahrnehmen.«

Er sagte das in ernstem Ton und sah Elisabeth dabei eindringlich an.

Die anderen kamen dazu.

»Wir haben das doch aus der Welt geschafft, oder?«, fragte er Camera.

»Lass gut sein«, antwortete die. »Ich will nicht weiter darüber reden.«

»Weißt du«, fuhr Odin fort, »ich interessiere mich sehr für deine Naturfotografie. Auf solchen Aufnahmen kann man manchmal Erstaunliches erkennen, wenn man ein geschultes Auge hat.«

»Was du nicht sagst«, gab Camera zurück.

»Schon in Ordnung, ich lass euch in Ruhe.«

»Verrätst du uns denn, wie du in Wirklichkeit heißt?«,

fragte Elisabeth.

»Ich bin Caspar.«

Während sie unter den länger werdenden Schatten der Bäume alle ihre Fertiggerichte und einige Trockenfrüchte aus Cameras Vorrat aßen, lag Caspar abseits auf dem Rasen, mit seinem Schlafsack als Unterlage, und las ein Buch.

Ove drehte sich seinen Joint und hielt ihn in Caspars Richtung. »Teilst du mit mir?«

Camera sah Ove überrascht an.

Elisabeth war sicher, dass Caspar ablehnen würde, um weiter den Höflichen zu spielen. Zunächst sah er Ove schweigend an, so dass dieser sich fast verlegen wegdrehte.

Dann sagte Caspar: »Danke, das ist nett von dir.«

Er stand auf und ging zu Ove hinüber, der den Joint anzündete und ihn Caspar mit einem Lächeln übergab.

Warum war Ove so freundlich zu diesem Typen?

Mindestens eine Stunde lang, bis es fast vollständig dunkel war, sprachen sie miteinander, wobei hauptsächlich Caspar redete, Ove und Elisabeth nur ein paar Zwischenfragen stellten, und Camera schwieg. Er berichtete ihnen, dass er nur den ersten Abschnitt des Trails laufen wollte, um dann im Norden von North Carolina Freunde zu besuchen. Den Appalachian Trail sei er schon einmal komplett gelaufen, und habe nach einer persönlichen Krise im vergangenen Jahr beschlossen, einen Teil des Weges zu wiederholen.

»Und fühlst du dich nun wieder ... verbundener? Mit der Natur?«, fragte Ove.

Caspar verzog den Mund. »Ich bin mir noch nicht sicher. Meist bin ich ein Einzelkämpfer und es macht mir auch nichts aus, aber manchmal ist man stärker in einer Gemeinschaft. Das ist auch ein Grund, warum ich hier bin. Der AT bringt Menschen zusammen.«

Ove nickte.

Elisabeths jahrzehntelang geschulte Menschenkenntnis biss sich an diesem Exemplar die Zähne aus.

»Ich werde jetzt schlafen gehen«, sagte sie. »Wir haben morgen den Clingman's Dome vor uns.«

»Wehe, der Typ macht wieder Theater heute Nacht«, raunte Camera ihr zu, als sie ebenfalls aufstand und zu ihrem Zelt lief.

20

Der Tag des langen Anstiegs zum Clingman's Dome wurde einer der schlimmsten Tage, die Mona je erlebt hatte. Schon am Morgen fühlte sie sich gerädert, trotz einer Nacht ohne Zwischenfälle. Sie war später auf als die anderen.

Ihr Missmut stieg, als sie Professor und Ove mit Caspar frühstücken sah. Diesem esoterischen Typen mit dem bescheuerten Trailnamen konnte sie nicht auf sein Fell gucken. Das lag nicht nur an der Begebenheit in der Nacht davor. Seine salbungsvolle Art zu reden, die schleimige Freundlichkeit ...

War sie die Einzige, die ihn so wahrnahm?

Professor war reserviert, aber nicht unfreundlich. Ove schien begeistert zu sein und Caspars Faible für Elementargeister, oder wie er sie nannte, sogar zu teilen. Nicht, dass das nicht zu ihrem verschrobenen, norwegischen Wanderkumpel passen würde. Aber wie Ove an den Lippen dieses Dampfplauderers hing!

Professor, Ove und Caspar saßen nebeneinander auf der Bank vor dem Shelter, Professor mit einem Apfel in der Hand, Ove mit einem dampfenden Becher Kaffee, während Caspar über die Geschichte des Appalachian Trail dozierte.

Professor lächelte Mona zu. *Mach dir nichts draus*, sagte das Lächeln.

Wenig später liefen die beiden Männer voran, während Mona sich an Professors langsameres Tempo anpasste.

»Der wird doch jetzt nicht bei uns bleiben?«, sagte Mona.

Professor lachte laut auf. »Ich verstehe dich. Er ist ein Schnösel.«

»Ove scheint das nichts auszumachen, im Gegenteil.«

»Vielleicht verzieht er sich bald, wenn er merkt, dass wir nicht ganz auf seiner Wellenlänge sind.«

Monas Wetter-App hatte seit dem frühen Morgen ein größeres Regengebiet angekündigt. Sie hatten gehofft, es würde auf der anderen Seite der Smokies hängen bleiben, doch innerhalb weniger Minuten wurde es so dunkel, als bräche erneut die Nacht herein. Die Temperatur sank um mehrere Grad, kräftige Böen fegten ihnen entgegen. Der erste Schauer kam trotzdem unvermittelt.

Ein Unwetter war alles, was Mona zu ihrer Laune gefehlt hatte.

Alle zogen sich hastig Regenzeug über, wobei Mona bei ihrem Poncho fluchend die richtigen Öffnungen für Arme und Kopf suchte. Professor half ihr, während es schon in Strömen goss.

Vor ihnen wurde der Trail steiler.

»Sollen wir bei dem Wetter wirklich dort hinauf?«, fragte Professor.

»Wohin denn sonst?«, fragte Caspar.

»Gibt's nicht in der Nähe noch eine Hütte?«, wollte Mona wissen.

»Nichts«, sagte Ove.

Professor stieß entnervt die Luft aus. »Dann zurück zum Silers Bald? Das wäre vielleicht besser, als den Gipfel ausgerechnet jetzt in Angriff zu nehmen.«

»Warum sollten wir den ganzen Weg wieder zurückgehen?«, fragte Ove. »Durch den Regen müssen wir dann auch.«

»Oben auf dem Clingman's Dome gibt es ein Besucherzentrum«, sagte Caspar. »Da kann man sich unterstellen.«

»Dann müssen wir da wohl jetzt durch.« Professors Miene spiegelte Monas Laune.

In den gleichen Zweierkonstellationen wie zuvor packten sie es an. Die beiden Männer gerieten weiter oben, hinter dem Regenschleier, schnell außer Sicht. Innerhalb weniger Minuten verwandelte das Unwetter den Weg in eine Matschrinne, die Steine und Wurzeln unter dem Schlamm in Stolperfallen. Das Wasser schien von überall her zu kommen, stürzte aus den Wolken und den Berghang hinab, quoll aus dem Boden hervor.

Normalerweise lenkte Mona sich an schlechten Tagen mit Fotografieren ab, doch heute blieb die Kamera besser im trockenen Inneren des Rucksacks. Vorsichtig setzte sie einen Fuß vor den anderen. Der Regen trommelte auf die Kapuze ihres Ponchos, sie hörte noch nicht einmal Professors Schritte vor sich. Jede kämpfte ihren eigenen Kampf gegen den Berg.

Ob es Ove ebenso ging? Womöglich bemerkte er, ins Gespräch mit Caspar vertieft, die Strapazen gar nicht.

Obwohl es viel kälter geworden war, brachte sie der stetige Anstieg ins Schwitzen. Unter dem Poncho wurde die Luft stickig. Da draußen war die unendliche Wildnis – doch hier, in ihrer sauerstoffarmen Glocke, nahm sie gar nichts mehr davon wahr.

Mit durchnässten Wanderschuhen watete sie im zentimetertiefen Matsch. Noch mindestens eine Stunde bis zum Gipfel. Wie sollte sie die bloß überstehen?

Das Trommeln an ihren Ohren trieb sie bald in den Wahnsinn. Sie reckte kurz ihren Kopf und sah ein Stück Weg vor sich, das nach wenigen Metern an einer Spitzkehre endete.

Von Professor keine Spur. Warum wartete sie nicht, wo sie doch sonst so fürsorglich war? Warum bewältigten sie diese fürchterliche Etappe nicht zusammen?

Mona erreichte den Punkt, wo der Weg scharf nach links abknickte, um den nächsten, steilen Abschnitt einzuleiten. Auf einer schrägen Felsplatte unter dem Matsch rutschte ihr rechter Fuß ab und sie kippte nach vorne. Der Rucksack drückte sie unerbittlich zu Boden und sie knallte mit dem Knie gegen einen großen Stein.

Im ersten Moment war der Schmerz erträglich und es sah nach nichts weiter als ein paar Kratzern aus. Doch beim Aufrichten spürte Mona ein Reißen an Knie und Schienbein. Sie stellte den Fuß auf den Stein, gegen den sie geprallt war. Blut quoll aus zwei Schürfwunden und lief an ihrem Bein herab.

Sie hob den Kopf. Die nächsten zehn oder zwanzig Meter des Trails lagen undeutlich vor ihr. Noch steiler als der Abschnitt davor. Und menschenleer.

21

Ein paar Mal hatte Elisabeth sich umgedreht. Camera war langsamer als sonst, aber stoisch wie eine Bergziege, hinter ihr hergetrottet. Der Trail gönnte ihnen heute nur wenige Erholungsphasen und Elisabeth bangte um ihr Knie. Ja, vielleicht würde sie den höchsten Punkt des Appalachian Trail erreichen. Aber würde sie ihn auch wieder verlassen können?

Ove und Caspar waren längst hinter den vielen Biegungen des Pfades verschwunden. Der Regen rauschte und wurde von Millionen grüner Blätter und trockenem Waldboden begrüßt. Dem entlockte die Feuchtigkeit einen betörenden Duft.

Es stand ihr nicht zu, fand Elisabeth, sich über das Wetter zu ärgern. Wald und Regen hatten sie schließlich nicht darum gebeten, hier zu sein.

Der Trail verlief in steiler werdenden Kehren und irgendwann hatte Elisabeth Camera abgehängt, ohne es zu merken.

Jetzt blieb sie am Wegesrand stehen, immer darauf bedacht, auf dem tückischen Boden nicht abzurutschen, und wartete, ob die Freundin aufschließen würde.

Doch sie kam nicht.

Elisabeth rief zweimal ihren Namen, aber bekam keine Antwort.

Gerade bei diesen Wetterverhältnissen hätten sie besser aufeinander aufpassen müssen!

Sollte sie zurücklaufen, um nach Camera zu sehen?

Das Bergablaufen durch den Schlamm war halsbrecherisch.

Ratlos blieb Elisabeth, wo sie war, rief abermals nach Camera.

Auch Ove und Caspar waren außer Hörweite.

Von wegen: Hiker sind eine Familie.

Rinnsale von Regenwasser liefen an ihrem Ärmel hinab.

Mit Harry wäre ihr das nicht passiert.

Hallo Harry, da bist du ja wieder.

22

So gerne Ove das Abenteuer AT vor allem mit Camera teilte – er war froh, auf dieser Etappe an der Seite von Caspar zu laufen und diesen eigenartigen Menschen besser kennenzulernen. Hundertprozentig einschätzen konnte er ihn noch nicht. Doch gefährlich war Caspar ganz sicher nicht; seine Entschuldigung Camera gegenüber war aufrichtig gewesen.

Das Unwetter machte es ihnen fast unmöglich, miteinander zu sprechen. Doch Ove wollte sich davon partout nicht abhalten lassen, lief dicht hinter Caspar und rief ihm seine Fragen zu. Je höher sie kamen, desto feiner wurde der Regen und störte ihre Unterhaltung weniger.

Durch ein Erbe war Caspar zu Vermögen gekommen und konnte deshalb zwanglos durch die Welt reisen. Seiner Familie gehörte ein Schloss, in dem er lange gelebt hatte. Allerdings war er nicht sicher, ob er dorthin zurückkehren wollte. Im Jahr zuvor hatte er plötzlich seinen Vater verloren. Über die Umstände von dessen Tod wollte er aber nicht sprechen.

»Hat deine Familie schon immer diese enge Verbindung zur Natur gehabt?«, fragte Ove.

»Nicht meine ganze Familie«, sagte Caspar. »Aber meine Mutter und manche ihrer Vorfahren. In meinem Fall hat es noch andere Dimensionen angenommen.«

»Inwiefern?«

Caspar drehte sich um und sah ihn mit zusammengekniffenen Augen an, statt zu antworten.

Ove fühlte sich zu einer Erklärung gedrängt.

»Weißt du, ich glaube auch, dass die Natur beseelt ist. Ich kann zwar nicht sagen, wie diese Seelen oder Geister aussehen, weil ich nur den Baum oder den Stein sehe wie jeder andere Mensch. Aber ich zweifle nicht daran, dass es sie gibt. So wie andere eben an einen Gott glauben oder mehrere.«

Caspar lächelte. »Das macht dich zu etwas Besonderem. Immer weniger Menschen können sich vorstellen, dass Naturgeister existieren. Wieso bist du so sicher?«

Ove hatte lange nicht mehr darüber nachgedacht, geschweige denn, diese Gedanken mit jemandem geteilt.

»Ich weiß nicht, ob ich das erklären kann«, rief er. »Wer kann schon sagen, warum er an etwas glaubt? Ich habe meine Kindheit in den Bergen verbracht und bin mit der Vorstellung groß geworden, dass es ... Wesen um mich herum gibt, die ich zwar nicht wahrnehme, die aber trotzdem da sind und vor denen ich Respekt haben muss.«

»Dann wurde dir dieser Glauben in die Wiege gelegt?«

»Vor allem von meinen Großeltern, den Eltern meines Vaters. Mit ihnen habe ich als kleiner Junge viel Zeit verbracht.«

Ove musste für einige Schritte aufhören, zu sprechen. Es strengte unglaublich an, bei der starken Steigung auch noch gegen den Regen anzubrüllen, aber er wollte die Unterhaltung auf keinen Fall abreißen lassen. Gott sei Dank passte sich Caspar seinem Lauftempo an.

»Meine Eltern verleugnen die Existenz von Naturgeistern zwar nicht«, fuhr Ove schließlich fort, »aber sie haben sich schon immer lieber mit materiellen Dingen beschäftigt. Sie finden, man sollte nicht zu viel über solche Glaubensfragen sprechen.«

Caspar lachte verächtlich und schüttelte den Kopf.

»Diese Einstellung begegnet einem leider überall. Viele Menschen schämen sich heutzutage dafür, in irgendeiner Weise spirituell zu sein.«

»Das stimmt. Das ist traurig.«

»Was ist mit deinen Freunden? Sprichst du mit denen darüber?«

»Die glauben an andere Dinge«, sagte Ove. »An den technischen Fortschritt. Oder daran, sich selbst immer weiter optimieren zu müssen. Natur ist für sie nur noch die Kulisse für Instagram.«

»Ich weiß nicht, was das ist«, sagte Caspar. Es klang nicht, als wünschte er sich eine Erklärung. »Umso mehr freut es mich, zu hören, dass ein junger Mensch wie du sich diese Gedanken macht. Ich sehe es genau wie du. Die Menschen, zu denen mich dieser Weg führt, tun dies ebenfalls.«

»Du gehörst einer Gruppe an, die sich mit dem Thema beschäftigt?«

»Ja.«

Noch einmal lächelte Caspar Ove zu. Der wollte mehr wissen und wartete ab, was sein Begleiter preisgeben würde. Doch Caspar lief schweigend weiter.

Vielleicht wollte er bloß testen, ob Ove sich wirklich für das Thema begeisterte.

»Was für Menschen sind das?«

»Da sind die unterschiedlichsten Persönlichkeiten versammelt! Und sie kommen aus der ganzen Welt hierher.«

»Also besuchen sie diesen Ort, weil sie sich nach einer spirituellen Erfahrung sehnen, und kehren dann in ihre Heimat zurück?«

»Nein. Unsere Gemeinschaft *ist* ihre Heimat.«

»Sie lassen ihr ganzes Leben zurück wegen ihres Glaubens?«

»Nicht nur. Du musst verstehen: Für uns ist das nicht einfach nur ein Glaube. Wir *wissen*, dass die Unsichtbaren existieren.«

»Das würden auch viele sagen, die an Gott glauben.«

»Aber die haben Gott nicht so erlebt, wie wir die Elementargeister erleben.« Caspar sprach in ernstem Ton, während er gleichmäßig an der Steigung einen Fuß vor den anderen setzte – gerade so, dass Ove sich mit seinen kürzeren Beinen nicht beeilen musste. »Denn erlebbar sind sie zumindest für manche. Das ist es, was unsere Gemeinschaft wirklich von gewöhnlichen Menschen abhebt: Wir hören, sehen und fühlen diese Wesen. Wir kommunizieren mit ihnen.«

23

Caspar wählte seine Worte mit Bedacht. Er sah seinem jungen Begleiter an, wie beeindruckt er war. Mit welcher Selbstverständlichkeit Ove seine Fragen stellte!

»Wie muss ich mir diese Kommunikation vorstellen?«, fragte der.

»Für jeden in unserer Gemeinschaft bedeutet das etwas anderes. Alle können sie auf irgendeine Weise spüren. Wirklich mit ihnen auf Augenhöhe kommunizieren, das können nur sehr, sehr Wenige. Bei mir liegt es in der Familie.«

»Erzähl mir mehr über diese Geister. Darüber, wie sie ... sind.«

»Anders als du denkst. Nicht unbedingt zarte Elfen und bestimmt keine Engel. Auf eine Art sind sie wie du und ich. Sie haben alle ihren Charakter, ihre Fehler und Schwächen. Aber sie sind auch sehr machtvoll, vor allem gemeinsam, was manche von ihnen gar nicht ahnen.«

»Also können sie für uns Menschen auch gefährlich sein.«

»Natürlich. Viele Geistwesen sind arglos, führen uns in

die Irre oder erschrecken uns. Aber manchen von ihnen reicht das nicht. Sie sind erst zufrieden, wenn sie die Todesangst in menschlichen Augen sehen. Und dann gibt es die, die auf Rache sinnen wegen allem, was die Menschen der Natur antun, die sie in die Schranken weisen wollen. Das sind nicht wenige.«

Der Regen ließ etwas nach, doch sie achteten ohnehin kaum darauf, strebten unermüdlich dem Clingman's Dome entgegen.

Caspar drehte sich um; von den Frauen hinter ihnen war nichts zu sehen. Das war ihm sehr recht.

»Aber für dich stellen sie keine Gefahr dar?«, fragte Ove. »Weil sie einen Freund in dir sehen?«

»Ja. Ich wusste schon immer, dass meine Verbindung zu ihnen einmalig ist. Als ich ein kleiner Junge war, haben sie mir zugehört, mehr als irgendein Mensch es getan hat. Sie haben mich ermutigt, dazu zu stehen, dass ich etwas Besonderes bin. Ich habe schnell gelernt, dass das die Fantasie fast aller gewöhnlichen Menschen übersteigt.«

Caspar bremste sich aller Freude über Oves Offenheit zum Trotz. Er kannte den jungen Mann zu wenig, um ihm schon jetzt in alles einzuweihen.

»Wie genau kannst du mit ihnen Kontakt aufnehmen? Geht das immer und überall?«

»Als Kind fiel es mir leicht. Sie waren einfach da. Für mich war das selbstverständlich. Heute brauche ich Zeit, um meine Sinne auf sie einzustellen. Wenn es gelingt, verstehen sie meine Sprache und ich ihre, ohne dass ich sagen könnte, ob wir die gleiche sprechen. Es ist eine seltene Gabe. Aber auch eine Bürde.«

»Inwiefern?«

»Weil ich mich verpflichtet fühle, sie zum Wohle der Menschheit einzusetzen, so wie unsere ganze Gemeinschaft das tut. Meine Freunde kommen aus völlig unterschiedlichen Kreisen und das ist gut. Uns einen Intelligenz, Weitsicht und diese besondere Verbindung zur Natur, die uns Macht verleiht.«

Caspar ließ diese letzten Worte auf Ove wirken, bevor er fortfuhr: »Wir sind keine Wirrköpfe, die sich irgendwo im Wald verschanzen und träumen. Noch mögen wir nicht viele sein, aber wir entwickeln Ideen, wie es mit der Welt und denen, die in ihr leben, weitergehen soll. Die Natur wird die Menschen noch lehren, dass sie außer ihr absolut gar nichts brauchen. Damit diese Erkenntnis alle erreicht, braucht es Botschafter wie uns.«

Sie hatten sich dem Gipfel so weit genähert, dass zwischen den Bäumen die Rampe zur Aussichtsplattform auftauchte, auf der Caspar vor Jahren schon einmal die Appalachen überblickt hatte. Phil war bei ihm gewesen und ein paar andere, die sich ihnen angeschlossen hatten. Einer riesigen Schlange gleich erhob sich die Rampe aus Asphalt in einem weiten Bogen bis über die Baumwipfel. Den Kopf dieser Schlange bildete der kreisrunde Aussichtspunkt.

Ove achtete nicht darauf, hielt den Blick auf den schlammigen Boden und seine Stiefel gerichtet.

»Trotzdem: Wie soll man Milliarden Menschen auf der Erde auf einen neuen, gemeinsamen Weg führen?«, fragte er.

»Es wird der Zeitpunkt kommen, wo sie keine Wahl mehr haben.«

24

Bis auf die Haut durchnässt, humpelnd und fluchend bewältigte Mona den restlichen Aufstieg. Immerhin nieselte es nur noch.

Irgendwann tauchte Professor am Wegesrand auf. Bestürzt angesichts von Monas Verletzung half sie, die Wunden zu säubern und zu verbinden und hätte wohl nicht mehr aufgehört, sich zu entschuldigen, wenn Mona ihr nicht ein entnervtes »Ist gut jetzt!« zugerufen hätte.

Mona war froh, nicht mehr allein im Schlamassel zu stecken. Allerdings war auch Professor am Ende ihrer Kräfte.

Auf dem Clingman's Dome angekommen konnte Mona sich weder über diesen Meilenstein freuen, noch interessierte sie sich für das Panorama, das sich bei diesem Wetter ohnehin bescheiden ausnahm. Sie steuerte auf einen Unterstand mit Picknicktisch zu, schmiss ihren Rucksack zu Boden und ließ sich auf die Bank fallen.

»Ich hab die Schnauze so voll!« Sie verbarg ihr Gesicht in den Händen.

Professor setzte sich still neben sie und packte etwas zu essen aus.

Kurz darauf kam von einem anderen überdachten Picknickplatz Ove herübergelaufen. Caspar folgte ihm langsamer. Mona überließ es Professor, zu erklären, was passiert war.

»Oh nein, das tut mir leid, Camera«, war alles, was von Ove kam.

Eine halbe Stunde später hörte es endlich ganz auf zu regnen. Mona folgte Ove, der sich auf den Weg zur Aussichtsplattform gemacht hatte. Als er sie bemerkte, blieb er stehen, bis sie ihn eingeholt hatte.

»Fühlst du dich besser?«, nuschelte er, ohne sie anzusehen.

»Ja.«

»Und die Wunden?«

»Wird schon wieder. Wie geht's dir? Wie war es mit Caspar – Entschuldigung, Odin?«

»Was meinst du?«

»Habt ihr viel miteinander gesprochen? Was erzählt er so?«

Ove zuckte mit den Schultern und antwortete nicht sofort.

Es ist dir unangenehm, dachte Mona. *Er fasziniert dich und es ist dir peinlich mir gegenüber.*

»Er hat tatsächlich viel erzählt. Er gehört so einer Art ... spirituellen Gemeinschaft an. Die hat ihren Sitz in North Carolina, in einem Ort namens Green Springs. Liegt auf unserem Weg. Diese Gemeinschaft betreibt dort ein Hostel, das Serene Mountain Inn. Dahin ist er unterwegs.«

»Er ist ein wandelndes Klischee.«

Ove sagte nichts, bis sie auf dem runden, halb überdachten Deck ankamen.

Die Bergketten waren hinter Dunstschleiern verborgen. Auch ohne den Regen setzte sich Feuchtigkeit in Monas Haaren und auf ihrer Stirn ab, bis ihr Tropfen über das Gesicht rannen.

Nebeneinander standen sie an der Brüstung und schauten in den Nebel.

»Er ist ein komischer Kauz, aber es sind spannende Dinge, die er erzählt«, sagte Ove. »Die meisten Menschen finden sie lächerlich, aber für mich ergeben sie Sinn.«

»Was denn so? Lass dir doch nicht alles aus der Nase ziehen!«

»Seine Gemeinschaft glaubt an Naturgeister. Er sagt, sie können sogar mit ihnen kommunizieren. Sie wissen, dass die Natur mächtiger ist, als die meisten Menschen ahnen. Sie wollen sich ihr wieder annähern. Und dazu beitragen, dass die Welt sich verändert.«

Mona konnte nicht anders, als ein verächtliches Geräusch zu machen. Ja, die Welt barg noch viele Geheimnisse. Aber das waren solche, denen sie als Wissenschaftlerin auf die Spur kommen konnte.

»Sein Naturfimmel in allen Ehren, aber das ist doch größenwahnsinnig.«

»Das finde ich ganz und gar nicht.«

»Du glaubst auch an solche Wesen?«

»Ich bin mit Geschichten über sie groß geworden und hab schon genug über Ereignisse gehört, die ihre Existenz beweisen. Der Vater von Magnus, einem Freund von mir, der arbeitet im Bergbau, ein richtig harter Kerl. Du würdest es nicht glauben, wenn du ihn siehst. Aber er und seine Kollegen wissen genau, in welchen Stollen die Geister leben. Dort graben sie nicht.«

»Das mag sein, und bestimmt ist der Papa deines Kumpels ein netter Kerl. Aber Caspar traue ich nicht über den Weg.«

»Wegen dieser Sache neulich nachts? Das musst du wirklich vergessen. Gib ihm doch eine Chance und lass ihn ...«

»Jemandem, der mich nachts im Dunkeln verfolgt, muss ich keine Chance geben!«

»Er wollte doch vielleicht nur ...«

»Du warst nicht dabei, verdammt!«

Ove verstummte.

»Es ist nicht nur deswegen. Er ist mir insgesamt unsympathisch. Dir denn gar nicht?«

»Nein. Er ist kauzig, ja. Aber das ist doch nicht per se etwas Schlechtes.«

»Ehrlich gesagt wundere ich mich, dass du das so anders siehst. Ich hatte das Gefühl, wir sind ... auf der gleichen Wellenlänge, was Menschen angeht.«

Ove runzelte die Stirn. »Was meinst du denn damit? Dürfen Freunde da nicht unterschiedlicher Meinung sein?«

Er verstand sie einfach nicht, wie konnte das sein?

So kam sie jedenfalls nicht weiter.

»Was mich eigentlich beschäftigt, ist die Frage, was für Leute das sind, Caspar und diese Community, zu der er unterwegs ist. Ich wäre da einfach vorsichtig.«

»Bloß, weil sie anders denken?«

»Du hast doch selbst gesagt: Sie wollen die Welt umgestalten. Also geht es nicht nur um mehr Nähe zur Natur, sondern auch um die Gesellschaft und um Macht. Caspar erscheint mir wie jemand, der auf sowas ziemlich scharf ist.«

»Das ist ein Vorurteil. Du kennst ihn nicht.«

»Du ebenso wenig.«

Mona presste die Lippen zusammen. Der junge Mann, der da neben ihr stand, war wie selbstverständlich zu einem Vertrauten geworden, weil sie ein einmaliges Abenteuer verband.

Aber eigentlich kannte sie ihn kaum mehr als diesen Caspar. Dass Ove ihr mangelnde Toleranz unterstellte und gleichzeitig ihr Urteilsvermögen anzweifelte, war schlimmer als aller Frust, den ihr der AT an diesem Tag schon bereitet hatte.

Sie drehte allein eine Runde auf der Plattform, dann ließ sie Ove stehen.

25

Elisabeths Tagebuch

24. April 2018, Mt. Collins Shelter, Tennessee

Ist der Clingman's Dome ein verfluchter Berg? Ein Unwetter, ein Unfall, ein Streit, und das alles während einer Etappe, die schon unter normalen Umständen eine Tortur gewesen wäre.

Was tun wir eigentlich hier?

Ich weiß nicht, was die anderen vorhaben, aber ich brauche morgen eine Auszeit. Vielleicht bedeutet das, dass unsere Gruppe sich auflöst, doch nach dem heutigen Tag erscheint mir das sogar besser so. Seit Caspar aufgetaucht ist, ist die Stimmung schlecht.

Dass Camera ihm nicht traut, ist kein Wunder. Ich mag ihn auch nicht um mich haben. Das liegt nicht nur an Cameras Bericht über die unschöne Begegnung in der Nacht. Sein Runenzauber ist mir suspekt. Was steckt dahinter? Nur ein Glaube an Elementarwesen? Wenn Caspar und seine Leute Pläne haben, die Welt zu verändern, geht es dabei nur um eine

Rückkehr zur Natur? Was haben sie für ein Menschenbild und welche Art von Gesellschaft wünschen sie sich?

Ove scheint solche Bedenken nicht zu kennen. Camera ist wütend auf ihn, aber es wäre schade, wenn sich deswegen die Wege der beiden trennen.

Ich muss damit aufhören. Sind das meine Probleme? Wenn nicht, warum mache ich sie dazu?

Vielleicht, weil ich Camera sehr mag, und möchte, dass dieses Abenteuer hier gut für sie ausgeht.

Wolkenbrüche und Schürfwunden sind das eine, damit muss man hier zurechtkommen. Aber Menschen, die einem zusätzlich das Leben schwer machen, muss man nicht erdulden.

Und wie geht es mir? Danke der Nachfrage, Harry und Muddi. Ich habe bessere Tage erlebt, aber der Weg hat erst begonnen und er wird einfacher werden. Den heutigen Tag habe ich auch für Camera durchgestanden und wir haben es gemeinsam geschafft, darauf bin ich stolz.

Der Körper ist entsetzlich müde, also werde ich versuchen zu schlafen, auch wenn der Kopf viel zu verarbeiten hat.

26

Niemand musste am nächsten Morgen laut verkünden, dass man sich aufteilen würde. Ohnehin waren Caspar und Ove viel früher aufgestanden und saßen bereits neben gepackten Rucksäcken am Tisch vor dem Shelter, als Elisabeth aus dem Zelt kroch.

Die Etappe des Vortages steckte ihr in den Gliedern. Doch wie würde Camera mit ihrem verwundeten Bein zurechtkommen? Von ihr war noch nichts zu sehen.

Zwei Männer hatten im Shelter übernachtet, ein rundlicher Typ mit Vollbart, der andere drahtig und mit Glatze. Jetzt saßen sie auf Isomatten neben der Hütte im Gras. Der Bärtige holte aus einer Plastiktüte einige Frühstückszutaten und breitete sie zwischen sich und seinem Begleiter aus. Der Beutel flog ihm weg, ohne, dass er es bemerkte, und verfing sich ein paar Meter neben dem Unterstand in einem Busch.

»Hey«, rief Ove zu ihnen hinüber. »Deine Tüte!«

Der Mann runzelte die Stirn, unsicher, ob Ove mit ihm sprach.

»Deine Tüte hat sich verabschiedet!«

»Was?«

Der zweite Mann begriff schließlich. In einer Sprache, die Elisabeth nicht identifizieren konnte, erklärte er es seinem Freund. Der winkte ab; beide blieben sitzen.

Da stand Caspar vom Tisch auf und marschierte an den beiden vorbei. Er nahm den Plastikbeutel von dem Zweig, kehrte zurück und zog sie ihrem Besitzer mit einem kräftigen Ruck über den Kopf, bevor der wusste, wie ihm geschah. Mehrere Sekunden lang hielt Caspar die Tüte über dem Kopf des Mannes fest, bis der um sich schlug.

»Bist du völlig durchgeknallt?«, rief dessen Kumpel.

Der Bartträger sprang auf und riss sich die Tüte vom Kopf. Er zerknüllte das Plastik und warf es Caspar vor die Füße. Der war deutlich größer und kräftiger als er.

»Was für ein kranker Typ bist du?«, fragte er und musterte Caspar von Kopf bis Fuß.

»Krank nennst *du mich*? Krank ist das, was ihr seid! Krank ist die Welt wegen solchen wie euch!«

Der Glatzköpfige lachte verächtlich, aber es klang unsicher.

»Wenn wir hier nicht mitten im Wald wären, würde ich gleich die Polizei rufen«, sagte der Bärtige.

Caspar starrte ihn unbeirrt an. »Steck den Müll zurück in deine Tasche.«

»Nur damit du zufrieden bist? Steck ihn doch selbst ein.«

Caspars Gesicht näherte sich dem des Mannes bis auf wenige Zentimeter. Gerade so verstand Elisabeth, wie er zischte: »Nein! Damit *du* gesund und bei klarem Verstand an deinem Ziel ankommst.«

Der Mann starrte erst stumm zurück, lachte dann wieder gekünstelt und hob die Tüte auf. Unter Caspars finsterem Blick trollte er sich zu seinem Frühstück.

Caspar setzte sich wieder an den Tisch.

»Wow, das war ... unerwartet«, sagte Ove. »Muss ich mir nun Sorgen machen, wenn mir aus Versehen mal Müll aus der Tasche fällt?«

Er lachte.

Elisabeth konnte es kaum glauben. Wie konnte er das nur lustig finden?

Caspar sah Ove finster an.

»Respektlose Typen wie die da dulde ich einfach nicht.«

Elisabeth stand hinter Caspar und schüttelte nur stumm den Kopf, als Ove sie ansah. Nein, sie würde sich nicht mehr einmischen. Sie würde einfach warten, bis Caspar verschwunden war, egal ob mit Ove oder allein, und dann erleichtert aufatmen.

»Sind sie weg?«, war Cameras erste Frage, als sie sich eine Stunde später mit müden Augen zu Elisabeth gesellte.

Die legte ihr einen Arm um die Schultern, drückte sie kurz an sich. »Ja. Aber wegen Ove tut es mir leid.«

»Mir auch.«

27

Er hätte es wissen müssen. Der Whispering Rock würde ihm den Weg weisen, genau wie damals.

Ganz bewusst hatte Caspar, seit er Ove und seine beiden Begleiterinnen getroffen hatte, darauf verzichtet, zu meditieren. Er wollte zuerst seine Verbissenheit loswerden. Die Gespräche mit Ove hatten ihm dabei geholfen. Jemanden an seiner Seite zu wissen, der seine Weltsicht nicht nur respektierte, sondern sogar teilte, hatte ihm zu lange gefehlt.

Oves ehemalige Gefährtinnen hatten diese Erfahrung mit ihrer misstrauischen, engstirnigen Art getrübt. Doch seit gestern waren sie nicht mehr bei ihnen.

Entwickelte sich doch alles zum Guten?

Die kommende Etappe war Caspars Chance, dass es danach auf dem einzigen Weg weiterging, den er sich ausmalen konnte. Aber gleichzeitig nagten da noch diese Fragen. War er für untauglich befunden und fallen gelassen worden?

Was, wenn sich diese Befürchtung am Whispering Rock bewahrheitete?

Im östlichen Teil der Great Smoky Mountains, in den sie nun vordrangen, gab es keine menschlichen Siedlungen. Kilometer um Kilometer wand sich der Pfad wie ein Tunnel durch eng stehende Fichten. Er führte sie über die Westflanke des 2.000 Meter hohen Mount Guyot, den die Cherokees ebenso gemieden hatten wie die weißen Siedlerinnen und Siedler. Bis heute führte kein Weg auf den Gipfel. Wer den Mount Guyot besteigen wollte, musste sich selbst einen Weg durch die Wildnis schlagen.

Seit Jahrhunderten hatte man die Natur hier in Ruhe gelassen. Wenn er hier keine Klarheit gewinnen konnte, wo dann?

»In diesem Ort steckt eine einmalige Kraft«, sagte Caspar zu Ove, nachdem sie etwa eine Stunde schweigend marschiert waren. Der steinige Weg war kaum mehr als eine Rinne im hohen Gras. »Wir sollten das ausnutzen und bis morgen hier bleiben.«

»Ein Shelter ist erstmal nicht in Sicht«, sagte Ove.

»Mehr Gesellschaft würde bloß die Ruhe stören.«

Der Weg führte über eine sanfte Kuppe, dann an einem moosbewachsenen, steilen Hang entlang. Vor vielen Jahren war Caspar hier mit Phil gewesen. Und es hatte sein Leben verändert.

Er durfte die Abzweigung nicht verpassen.

Es war nicht mehr weit.

28

Unvermittelt und ohne ein Wort der Erklärung bog Caspar nach rechts in den Wald ab.

Erst als Ove an die Stelle kam, sah er das verwitterte Holzschild:

WH S ERING RO K

Die Gravur war nur aus der entgegenkommenden Richtung zu lesen, obwohl die meisten Hiker den AT – wie sie – von Süden nach Norden liefen.

Ein überwucherter Pfad führte schräg abwärts durch hüfthohes Gestrüpp und schlängelte sich zwischen Baumwurzeln hindurch.

Caspar schritt entschlossen voran, ohne auf Ove zu warten. Auf einer mit Fichtenzapfen übersäten Lichtung wurde er langsamer, blieb stehen, drehte sich einmal um sich selbst und blickte in den Himmel.

»Du bist hier schon gewesen?«, fragte Ove.

»Hier bleiben wir bis morgen«, sagte Caspar und legte sein Gepäck ab.

Ove sah sich um. Was sollte Caspars rätselhaftes Getue? Was erwartete sie an diesem Ort?

Die ovale Lichtung war rechts vom ansteigenden Hang begrenzt, links von einer Reihe Fichten. Für ihre beiden Zelte bot der Ort reichlich Platz. Über den Nachmittag war es auch im Wald warm und stickig geworden. Unter den letzten Strahlen der schräg stehenden Sonne aßen sie in T-Shirts zu Abend.

Caspar trank Wasser und nahm wie meist nur hartes Brot und Trockenfrüchte zu sich. Ove fragte sich, wie er davon überleben konnte. Er selbst hatte mal wieder einen unbändigen Hunger, auch noch nach der warmen Fertigmahlzeit und einer Pop-Tart. Immerhin hatte er seit Beginn der Wanderung schon merklich abgenommen, aber der stetige Hunger zerrte mitunter an den Nerven.

»Wie kannst du dich bloß von diesem künstlichen Zeug ernähren?«, fragte Caspar, während Ove einen zweiten Pop-Tart der Geschmacksrichtung Chocolate Fudge zwischen den Zähnen hielt und die Plastikverpackung wieder einsteckte.

Ove zuckte mit den Schultern und ärgerte sich. Nicht einmal ein Urteil von Camera hätte das ausgelöst. Sie fehlte ihm. Aber in ihrer Gegenwart hatte er nie irgendwas mit Schuldgefühlen gegessen.

Später saßen beide auf dem Gras zwischen ihren Zelten. Die Sonne war hinter den Bergen verschwunden, aber der wolkenlose Himmel hellblau.

Ove kiffte, Caspar lehnte diesmal dankend ab und kochte stattdessen einen Kräutertee. Er tröpfelte eine Flüssigkeit aus einer kleinen, braunen Flasche in den Metallbecher, trank einen Schluck und hielt das Gefäß Ove hin.

»Probier das.«

»Was waren das für Tropfen in deiner Flasche?«

»Belladonna. Tollkirschen-Extrakt.«

Ove runzelte die Stirn.

»Keine Sorge, natürlich nicht pur.«

Ove stellte sich auf einen abstoßenden Geschmack ein, aber der Tee war himmlisch, süß und würzig zugleich. Die heiße Flüssigkeit war nach all den faden Mahlzeiten ebenso eine Wohltat für die Seele wie den strapazierten Körper.

Ove seufzte zufrieden. In welch einer Idylle sie sich befanden! Nach mehreren Wochen des Wanderns war das schon viel zu selbstverständlich geworden.

»Der AT ist ein Geschenk«, sagte er.

Caspar sah ihn an und nickte langsam. Der Blick aus großen, dunklen Augen irritierte Ove, weil er gleichzeitig auf ihn gerichtet und abwesend war.

Dann stand Caspar auf und sagte: »Komm mit, ich zeig dir ein noch besseres Geschenk.«

Ove stutzte. Er hatte nie darüber nachgedacht, ob Caspar vielleicht mehr von ihm wollte, als bloß sein Wandergefährte zu sein.

Dennoch folgte er ihm entlang der Fichtenreihe bis ans Ende der Lichtung, wo ein Pfad den Hang hinab führte.

Der Weg war steil und mit Steinen übersät. Hier und da mussten sie sich mit einer Hand am Hang abstützen oder an Ästen festhalten, um nicht wegzurutschen. Doch dann beschrieb der Pfad eine Kurve und verlief ebenerdig, bis der Berg zurückwich und den Blick auf eine schroffe Felswand preisgab.

Ove blieb stehen.

Er legte den Kopf in den Nacken. Der Fels überragte sie um ein Vielfaches. Ihm war schwindelig.

Nichts hatte ihn auf diesen Anblick vorbereitet.

Der Wald, seit Wochen eine gleichförmige Kulisse für sein Abenteuer, veränderte sich. Die Konturen der Stämme und Äste, Blüten und Blätter, Halme und Kiesel traten scharf hervor. All die Grüntöne wurden satter. Betörend-würzige Düfte strömten aus dem Wald. Doch auch der dumpfe Geruch von Mineralien in den Felsen stieg Ove in die Nase.

Während all diese Eindrücke auf einmal in sein Gehirn drangen, fühlte er sich dazwischen verloren. Doch gleichzeitig war er geborgen an diesem Ort, mit Haut und Haar Teil einer Welt voller Leben.

Im schwindenden Abendlicht lag die Steilwand größtenteils im Schatten. Aus dem zerklüfteten Gestein sickerte hier und da Wasser und hinterließ dunkle Streifen auf dem hellgrauen Fels. Vereinzelt klammerten sich kleine Bäume an den Stein; ganz oben ragten ein paar tote Stämme schräg über den Abgrund.

Caspar trat an die Felswand, vor der er winzig wirkte. Er schien zu zögern, legte aber dann seine rechte Hand flach auf einen kleinen Vorsprung auf Schulterhöhe. Der Wind wirbelte seine langen Haare durcheinander.

Ove zögerte. Erwartete Caspar von ihm dasselbe?

»Ich bin sehr glücklich«, sagte der, »diesen Ort wiederzusehen. Ich grüße dich. Demütiger als zuvor begegne ich dir und deinesgleichen. Mir ist klar geworden, dass es nicht allein auf meine Stärke ankommt, sondern vor allem auf den Beistand, den ich erfahre. Ich muss wissen, ob ich diesen Beistand noch habe. Ob ich es euch noch wert bin.«

Caspar senkte den Kopf. Der Anblick versetzte Ove einen Stich.

Von Beistand hatte sein Begleiter gesprochen. Also trat Ove an seine Seite und legte auch seine eigene Hand auf das Gestein.

Caspar sah ihn ernst an. In dem Blick lag Resignation, aber auch ein Funke Hoffnung.

»Er hat meinen Beistand«, sagte Ove, ohne zu wissen, zu wem. Vielleicht nur zu Caspar selbst.

Der Wind frischte auf, blies ihm in den Rücken. Unter Oves Fingern vibrierte es leicht im Gestein. Er zog die Hand erschrocken zurück. Ihm war, als hätte er mit seinem eigenen Satz ein Zauberwort gesprochen – er, der doch so ahnungslos hier hineingeraten war.

Aus heiterem Himmel lachte Caspar triumphierend auf.

»Lass deine Hand auf dem Stein«, sagte er. »Keine Sorge, er ist friedlich.«

Ove folgte Caspars Bitte. Die unregelmäßigen Stöße wurden stärker und hielten schließlich durchgängig an. Doch war es kein Beben, der Boden unter ihren Füßen blieb ruhig.

Im Wald wirbelte der Wind umher. Obwohl die Sonne fast ganz verschwunden war, warfen die Bäume tanzende Schatten auf die Felswand.

Eine Stelle über ihm nahm Oves Blick gefangen. Dort quoll Wasser aus dem Stein. Drumherum wuchs grünlichbraunes Moos. Das Rinnsal verbreitete sich und schoss mit zunehmendem Druck aus dem Felsen. Die gleiche Kraft, die die Vibrationen verursachte, presste die Flüssigkeit aus dem Gestein.

Er musste sich zwingen, die Hand trotzdem darauf ruhen zu lassen.

»Keine Sorge«, wiederholte Caspar neben ihm. »Wir brauchen Geduld.«

Die Vibration ging von Oves Hand in seinen Arm und seine Schulter über, doch es machte ihm keine Angst. Wie der Stein unter seiner Hand zum Leben erwachte, stieg ein Lachen in ihm auf. Eine nie gekannte Energie durchströmte seinen Körper.

Caspars sonst so ernstes Gesicht erhellten die gleichen Glücksgefühle.

Mit einem Mal umgab sie beide etwas Dunkles, als wäre ein Schatten auf sie gefallen. Doch es hatte nichts Bedrohliches, im Gegenteil – dieses Etwas hüllte sie ein wie ein schützender Umhang, unter dem es tatsächlich wärmer wurde.

»Keine Sorge«, wiederholte Caspar – doch seine Lippen blieben geschlossen.

Eine Stimme, gleichzeitig menschlich und fremd, hatte diese Worte gesprochen.

»Ich freue mich, dass ihr den Weg gefunden habt«, fuhr die Stimme fort. Weder weiblich noch männlich, nicht jung, nicht alt. Das Wesen, das da sprach, musste ganz nah sein und war doch unsichtbar.

Caspar antwortete mit bebender Stimme: »Ich bin dir sehr dankbar. Ich habe mich verloren gefühlt. Aber meine Zuversicht kehrt zurück.«

»Wir brauchen dich und du brauchst uns. Setzt euren Weg fort.«

»Das werden wir. Aber was ist mit euch? Ich habe das Gefühl, nicht mehr viele von deinesgleichen sind bereit, sich uns anzuschließen. Erinnern sie sich nicht mehr daran, was wir erreichen wollen? Dabei ist es dringender als je zuvor, dass wir etwas unternehmen, und zwar gemeinsam!«

»Manche haben es vergessen, so wie sie fast alles vergessen, was sich nicht in ihrer unmittelbaren Gegenwart abspielt. Aber ihr werdet bald einiges erfahren, was euren Glauben an unser Bündnis stärken wird. Wer ist dein Gefährte?«

Oves Herz setzte einmal aus.

Caspar nickte ihm zu.

»Ich bin Ove«, sagte er und kam sich ungeheuer dumm vor. Was wurde von ihm erwartet? Und wer – oder was – wartete hier auf seine nächsten Worte?

Fragend sah er Caspar an.

»Ove ist ein Freund«, sagte der. »Er kommt aus einem Teil der Welt, wo man euch noch nicht vergessen hat. Dass er hier die Verbindung zu euch herstellt, ist ein Zeichen, dass er in unseren Kreis gehört.«

Die ganze Zeit ruhte Oves Hand an der Felswand. Diese Energie, dieses *Leben* darin! Nie wieder wollte er sich davon lösen.

Die Dunkelheit um sie herum nahm zu. Ein kalter Luftzug strich nun doch über Oves Unterarm, streichelte seinen Nacken. Seine Haare stellten sich auf. Jemand oder etwas kam ihm sehr nah, untersuchte ihn, befühlte ihn. Ein Schauer überkam Ove, so heftig, dass ihm schwindelig wurde. Ein euphorisches Gefühl – aber dahinter lag noch etwas anderes, eine Mischung aus Demut und Furcht.

Er war so klein, so ahnungslos.

»Ist ihm klar«, fragte die merkwürdige Stimme irgendwo neben ihm, »wie sehr sich die Welt wandeln wird? Weiß er, welche Opfer die Menschen bringen müssen, damit es einen neuen Anfang geben kann?«

Caspar sah Ove ernst an: »Er wird es lernen und verstehen. Milton, ich und unsere Gefährten werden ihm dabei helfen.«

Oves Herz raste.

Was erlebte er hier?

Mit zitternder Stimme sagte er: »Ich habe schon immer geahnt, dass die Menschen blind sind. Endlich weiß ich, warum. Was für eine Veränderung ist das, die bevorsteht?«

Caspar lächelte.

»Eine Neugestaltung der Welt, in der wir wieder eins werden mit der Natur. Was uns von ihr entfremdet, wird ausgelöscht.«

»Dafür lohnt es sich zu kämpfen«, sagte Ove.

»Dafür lohnt es sich, Opfer zu bringen«, sagte Caspar.

Ein Neuanfang.

Und er selbst, Ove, war ein Teil davon?

Wieder spürte er die Berührung eines unsichtbaren Wesens auf seiner Haut, gleichzeitig die Lebenskraft, die aus dem Gestein strömte.

Wer das fühlte, konnte keine Zweifel mehr haben.

29

Es ist gut, dass du da bist«, sagte Camera.

Elisabeth sah sie überrascht an.

»Das meine ich ernst. Ohne dich hätte ich nach den letzten Tagen alles hingeschmissen.«

Sie saßen in einem kleinen Tal auf einer Mauer am Wegesrand. Gerade hatten sie auf einer morschen Holzbrücke einen Bach überquert.

»Doch nicht wegen Ove? Oder Caspar?«

»Ach, es kommt so viel zusammen, als wäre der AT für mich verflucht.«

»Die paar Wochen, die wir jetzt unterwegs sind, das ist immer noch erst der Anfang. Es kommen bessere Zeiten!«

Sofort ärgerte sich Elisabeth über die Floskel aus ihrem eigenen Mund. Sie wusste doch selbst am besten, dass Durchhalteparolen nicht halfen.

Sie setzten ihren Weg fort, der ausnahmsweise breit genug war, um nebeneinander zu laufen.

»Du denkst sicher viel an deine Mutter?«, fragte Camera. »Und an deinen Freund? Der, der bei dem Attentat starb?«

»Jeden Tag. Wenn ich abends Tagebuch schreibe, ist es, als wäre das, was ich schreibe, für die beiden bestimmt.«

Es tat gut, nach einem Ruhetag bei angenehmer Witterung gemeinsam eine weniger fordernde Strecke zurückzulegen. Cameras Schürfwunden heilten gut und beeinträchtigten sie weniger.

Gegen Mittag gelangten sie in die Wildnis des Mount Guyot. Ihr Plan war, am frühen Abend das knapp acht Meilen entfernte Cosby Knob Shelter zu erreichen.

Ohne sie zu bemerken, liefen die beiden Frauen an der Abzweigung zum Whispering Rock vorbei, nicht ahnend, dass Caspar und Ove diesen Punkt weniger als zehn Minuten zuvor passiert hatten.

Eine Weile folgte Elisabeth schweigend ihrer Gefährtin und achtete längst nicht mehr auf die gleichförmigen Baumreihen am Wegesrand. Da blieb Camera vor ihr stehen. Mit gerunzelter Stirn drehte sie sich um.

»Sind wir auf dem richtigen Weg?«, fragte sie.

Elisabeth machte große Augen. Diese Frage hatten sie sich wegen der stets guten Kennzeichnung bisher noch nie stellen müssen.

»Ich habe lange keine weiße Markierung mehr gesehen«, sagte Camera.

Der Pfad führte leicht bergan und war komplett mit Gras bewachsen. Wieso war ihnen das nicht früher aufgefallen? Elisabeth hatte die meiste Zeit vor sich auf den Boden gestarrt, hatte Geröll, Wurzeln und staubige Erde gesehen. Wo kam auf einmal das Gras her?

»Ich schaue, ob weiter vorne eine Markierung kommt, warte kurz!«

Camera stapfte entschlossen vorwärts.

Elisabeth lief ein Stück den Pfad zurück. Hatten sie eine Abzweigung übersehen? Je mehr Schritte sie lief, desto weniger war der Weg zu erkennen. Das feine, niedrige Gras, über das sie zuvor noch gelaufen waren, war nun von einem saftigen Dunkelgrün und reichte ihr bis über die Knöchel. Farne und Büsche ragten darüber hinweg bis auf die gegenüberliegende Seite. Ein Fußweg war dazwischen nur mit viel gutem Willen auszumachen.

Wie hatte sie in so kurzer Zeit die Orientierung verlieren können?

Eine dunkle Wolkendecke hing über den Baumkronen. Ein heiseres Pfeifen lag in der Luft, wo der Wind um dicke Baumstämme fegte.

Elisabeth lief noch fünf oder zehn Meter. Bis über ihren Kopf ragten die Büsche neben ihr auf, sie bückte sich und wich ihnen aus – unmöglich, eine gerade Richtung einzuhalten.

Dass sie die wuchernden Pflanzen zuvor nicht registriert hatte, war schlicht unmöglich. Ebenso, dass dies hier noch der Appalachian Trail war. Der war nicht einmal mehr in Sichtweite.

Sie blieb stehen und wandte sich um. Die Stelle, an der sie und Camera sich vor höchstens einer Minute getrennt hatten, war von ihrem Standort aus noch zu erkennen. Zwei moosüberwucherte Fichten ragten dort höher auf als die anderen Bäume. Elisabeth hielt den Blick auf deren Stämme gerichtet und bewegte sich wieder bergauf. Gräser und Sträucher reichten ihr bis jetzt bis über die Knie.

Die Panik ließ sie in einen Laufschritt verfallen. Das Pfeifen des Windes gellte ihr in den Ohren. Es wandelte sich stetig, klang vielschichtig, dissonant und klagend.

Ihr Schienbein blieb an Brombeerranken hängen, die das zudeckten, was vorher ein Pfad gewesen war oder auch nicht. Dornen krallten sich in ihrer Hose und an ihren Schuhen fest. Sie kam nicht mehr vorwärts.

»Camera!«, rief sie. Eine Antwort blieb aus oder wurde von dem Pfeifen verschluckt.

Zornig griff Elisabeth mit der bloßen Hand eine der stacheligen Ranken.

Sie bewegte sich in ihrer Hand, wie um sich zu wehren.

30

Mona kniff die Augen zusammen und suchte jeden Stamm in der Umgebung nach einer weißen Markierung ab, die sie sonst so schnell erspähte, doch da war nichts. Noch dazu verlor sich der Weg weiter oben in höher werdendem Gras und Gebüsch.

Ja, an manchen Stellen war sogar der AT unwegsam. Doch er hörte nie einfach auf.

Wo waren sie vom Weg abgekommen?

Für einen Moment lauschte Mona auf den Wind in den Bäumen und fröstelte. Sie mussten sofort umkehren und sich auf die Suche machen. Sollten sie ausgerechnet hier in der Abgeschiedenheit des Mount Guyot die Orientierung verlieren, wären sie in echten Schwierigkeiten.

Mona machte kehrt. Die Biegung, hinter der Professor wartete, war nicht mehr zu erkennen. Genau wie in der entgegengesetzten Richtung endete der Weg in dichter werdendem Gestrüpp.

»Das gibt's nicht!«, sagte sie laut und rief nach Professor. Statt einer Antwort mischte sich ein Summen in das Rauschen des Windes.

Mona eilte weiter den Pfad hinab. Dort unten im Dickicht musste doch wenigstens eine Öffnung sein, die dort hinführte, wo sie hergekommen waren! Doch zwischen den Farnen und Brombeeren war kein Durchkommen mehr.

Ihre Schritte verlangsamten sich, während sich das Geräusch um sie herum weiter verwandelte. Aus dem Brummen wurde ein Seufzen, das beinahe menschlich klang.

Mona hielt den Atem an. Ihr Herz schlug schneller. Was ging hier vor sich?

»Professor!«, schrie sie, doch ihre Stimme klang erbärmlich flach und leise, als würden die Pflanzen sie aufsaugen.

Eine Antwort kam trotzdem: Ein Chor von fremdartigen Stimmen schallte durch den Wald.

Menschen oder Tiere?

Es schien dorther zu kommen, wo der Trail verlaufen musste, also ging Mona weiter in diese Richtung. Sofort schwoll das Stöhnen an. Es fuhr ihr durch Mark und Bein.

War Professor in Gefahr? Mona zwang sich, weiterzugehen.

Stachelige Zweige von Brombeeren versperrten ihr den Weg. Als Mona sich ihnen bis auf einen Meter genähert hatte, steigerten sich die körperlosen Stimmen in ein Gebrüll hinein – und die Ranken fingen vor ihren Augen an, sich zu bewegen.

Mona erstarrte. Sie blinzelte mehrmals.

Das war unmöglich!

Doch die Brombeerranken krochen über den Boden wie Schlangen, wickelten sich umeinander und griffen nach den Zweigen der umliegenden Büsche.

Einer der grünblättrigen Triebe reckte sich auf Höhe von Monas Gesicht in die Luft. Mona stolperte rückwärts. Ihr Rucksack brachte sie aus dem Gleichgewicht, sie fiel nach hinten.

Was geschah hier nur?

War Professor irgendwo da drinnen?

Sie konnte nicht tatenlos warten, bis ihre Freundin wieder auftauchte. Also rappelte sie sich hoch, ließ den Rucksack fallen und begann mit zitternden Händen, darin nach ihrem Taschenmesser zu suchen.

Diese Stimmen, das Rascheln der Pflanzen ... Sie durfte gar nicht hinhören, sonst würde sie verrückt werden!

Erst in der zweiten Seitentasche fand Mona, was sie suchte.

Vor ihr lag die undurchdringliche grüne Wand.

Ihr stockte der Atem.

Die Zweige krochen nicht nur umher – sie krümmten sich so, dass sie gemeinsam eine Form bildeten, rundlich und mit mehreren Öffnungen.

»Was zur Hölle ist hier los?«, schrie sie und wich weiter zurück.

Das Stöhnen und Ächzen kam aus den Pflanzen!

Und was die Ranken da formierten, war kaum zu fassen und doch klar zu erkennen: ein Gesicht!

Die größte der Öffnungen war ein Maul. Aus diesem offenen Maul, um das sich unablässig Stängel und Blätter wanden, drang das Gebrüll.

Mona war wie erstarrt. Ihr selbst blieb der Mund offen stehen.

Zwei kleinere Löcher in dem Gewirr weiter oben waren Augen. Dieses lebendige Ding hatte einen Mund und Augen wie ein Mensch! Oder *imitierte* es einen Menschen? Imitierte es *sie*?

Als würde es ihre Gedanken lesen, bewegten sich die Triebe schneller, der Schlund öffnete sich weiter.

Was steckte hinter diesem Albtraum? Es konnte doch alles nur Einbildung sein!

An Professor dachte Mona nicht mehr. Sie presste die Hände auf beide Ohren, wollte nur weg von diesem Wahnsinn, wandte sich ab und stolperte zurück bergauf.

31

Elisabeth fluchte und zerrte an dem Zweig, in dem sich ihr rechter Schuh verfangen hatte. Zwei Stacheln bohrten sich in ihre Handfläche. Den Schmerz ignorierte sie. Doch während Elisabeth ihren Fuß zu befreien versuchte, wurde die Ranke über den Boden gezogen und straff gehalten, wie um ihr ein Bein zu stellen. Das gesamte Dickicht war in Aufruhr. Zugleich diese absonderlichen Geräusche, die menschlich klangen und doch so fremd.

»Was ist hier los?«, rief sie wütend. »Camera!«

Immer noch keine Antwort. Steckte auch ihre Begleiterin in Schwierigkeiten?

Wieder zerrte Elisabeth an dem widerspenstigen Trieb, konnte endlich den Fuß befreien.

Jetzt nur nicht mit dem Rucksack aus der Balance geraten und mitten ins Gestrüpp fallen. Was würden die Ranken dann tun?

Aber das war doch absurd! Pflanzen griffen keine Menschen an!

Sie hielt sich aufrecht, trampelte auf den Brombeeren herum. Die Pflanzen wanden sich unter ihren Füßen.

Elisabeth wurde ganz schlecht von dem Anblick.

Fantasierte sie?

Und wohin war Camera verschwunden?

Der Hang fiel etwas ab, das war ihr einziger Anhaltspunkt. Camera war den Weg bergauf gegangen, also tat Elisabeth dasselbe.

Zu allem Überfluss schwand das Tageslicht, obwohl es längst nicht Abend war. Die Konturen verblassten, kaum ein Zweig war mehr vom anderen zu unterscheiden. Alles um sie herum war gräulich-schwarz, wie hinter einem halbdurchsichtigen Schleier verborgen. Bald schlug sie sich blindlings durch, wehrte dorniges Gestrüpp mit den Unterarmen ab. Jeder Schritt wurde zu einem Kampf, die Luft ging ihr aus.

Wie konnte es sein, dass es Nacht wurde?

Abermals rief Elisabeth nach Camera und meinte endlich, weit entfernt eine andere weibliche Stimme zu hören. Vor Erleichterung traten ihr Tränen in die Augen.

»Hier! Ich bin hier! Hörst du mich?« Sie strampelte sich frei und rannte in die Richtung los, aus der die Stimme gekommen war. Mehrmals blieb sie hängen, bis irgendwann keine Dornen mehr an ihrer Kleidung zerrten.

Elisabeth blieb keuchend stehen.

Sie war endlich frei, doch ringsumher herrschte Finsternis. Nur undeutlich zeichneten sich Baumkronen gegen den Himmel ab.

Erneut drang ein menschlicher Ruf durch den Wind.

»Camera!«, schrie Elisabeth. »Ich bin hier! Antworte mir, verdammt!«

In kleinen Schritten tastete sie sich vorwärts. Dabei hielt sie die Arme ausgestreckt.

Wenige Meter hatte sie so zurückgelegt, als sie ein schwach glühendes Licht wahrnahm.

32

Mona wollte sich durch den Wald am oberen Ende des Weges kämpfen, egal wie lange es dauerte. Alles war besser, als sich noch einmal diesem Horror zu nähern.

Ihre Kamera war im Rucksack verstaut. War sie bei dem Sturz heil geblieben? Hätte sie doch bloß ein Foto von diesem schrecklichen Gesicht gemacht!

Noch bevor Mona das erste Gebüsch erreichte, senkte sich Dunkelheit über den Mount Guyot wie eine schwarze Decke.

Die Nacht kam viel zu früh.

Der Boden unter ihren Füßen verlor die Konturen, Monas Schritte wurden langsam und unsicher.

Wohin zum Teufel waren sie hier geraten?

Es gab keine Pflanzen, die sich so bewegten. Und erst recht formten sie kein Gesicht und gaben menschliche Schreie von sich.

Was geschah mit ihr?

Sie halluzinierte. Das war die einzige Erklärung. Sie hatte etwas Giftiges zu sich genommen, ohne es zu merken. Welche Pflanze hatte sie überhaupt berührt in den letzten Stunden?

Es konnte auch in der Luft liegen. Pollen oder Pilzsporen. Diese Wildnis betrat doch so selten jemand. Irgendetwas Gefährliches wuchs hier unbemerkt und sie hatten sich zu lange hier aufgehalten.

Bleib ruhig! Das geht vorbei!

Also an Ort und Stelle bleiben, bis die Wirkung nachließ, sonst würde sie sich hoffnungslos verirren. Wo sie stand, war der Waldboden eben – vielleicht eine Lichtung oder sogar ein Weg.

Monas Herz raste, doch auch ihre Panik konnte von dem Pflanzengift herrühren.

Sie setzte ihren Rucksack ab und schnallte mit zittrigen Händen den eingerollten Schlafsack los. Der Wind wehte trockene Blätter über den Boden. Schlafen würde sie so niemals können, aber wenigstens warmhalten musste sie sich. Sie rollte den Schlafsack auf dem Gras aus und schob einige Steine zur Seite. Hoffentlich würde ihr im Liegen von dem Gift nicht schlecht werden. Sie wollte einfach die Augen schließen und sich irgendwie beruhigen.

Mona schob ihre Füße in die Öffnung des Schlafsacks, da glomm ein heller Punkt im Wald auf. Etwas, das winzig war oder weit entfernt. Für ein paar Momente starrte sie angestrengt in die Dunkelheit, als eine menschliche Stimme etwas rief.

»Ja!«, antwortete sie. »Professor? Ich bin hier!«

Sie rappelte sich hoch, setzte den Rucksack wieder auf, raffte den Schlafsack zusammen und ging auf den hellen Punkt zu. Die Stimme hatte nicht geantwortet.

»Bist du das, Professor? Ich sehe ein Licht!«

Halt! Sie war so dumm! Hatte sie schon vergessen, dass sie halluzinierte? Begab sie sich so nicht in noch größere Gefahr?

Sie blieb stehen.

Aber wenn das nun Professor mit ihrer Taschenlampe war? Sie sollten wenigstens zu zweit in diesem Schlamassel stecken!

Tränen der Verzweiflung traten Mona in die Augen, das Licht verschwamm. Konnte es von einer Taschenlampe stammen? Es war etwas größer geworden und schimmerte in der Mitte grünlich.

Wie zur Bestätigung schallte wieder ein Ruf durch den

Wald, und ja, es klang, als würde eine weibliche Stimme
»Camera« rufen.

Mona stolperte voran. Unter ihren dicken Sohlen knirschten
Tannenzapfen und Zweige zerbrachen.

»Professor!«

Sie folgte dem Licht. Manchmal schien es sich zu bewegen,
einmal die Richtung zu ändern.

Jetzt spielte es keine Rolle mehr. Mona hatte den Weg verlassen. Der helle Punkt war ihre einzige Hoffnung.

Nur einmal noch hörte sie die Stimme.

Sie klang genauso weit entfernt wie zuvor.

33

Das konnte nur eine Taschenlampe sein.

»Camera!«

Elisabeth beschleunigte ihren Schritt, aber bremste prompt
wieder ab. In der Finsternis würde sie sich sonst beide Knöchel
brechen.

Das Licht zitterte hin und her. Irgendetwas schwebte in
seiner Mitte. Niemals war das eine Taschenlampe. Eher ein
Glühwürmchen. Oder ein anderes, seltenes Insekt, das vielleicht nur auf diesem abgelegenen Berg existierte.

Ein Irrlicht? Solche Sagengestalten gab es natürlich nicht
wirklich. Aber für Irrlichter gab es logische Erklärungen. Waren
es nicht Gase, die aus dem Boden entwichen? Würden die so
aussehen?

Noch einmal rief sie nach Camera. Diesmal antwortete die Stimme wieder, wenn auch aus weiter Ferne.

»Bist du das mit dem Licht?«, rief Elisabeth. »Bleib stehen, ich komme zu dir!«

Sie streckte die Hände aus und lief schneller. Unter einem dicken Ast blieb ihr linker Fuß hängen, sie fiel auf die Knie. Stachel bohrten sich in ihre Handflächen.

Elisabeth stieß einen Schmerzensschrei aus.

Warum wurde diese Wanderung zu einer einzigen Katastrophe? Warum sah sie Dinge, die es nicht gab? Wie gerieten die Natur und sogar die Tageszeiten so aus den Fugen?

Den ganzen Tag lang plagte sie schon der Gedanke an Caspar. Er hatte ihnen von Anfang an Unglück gebracht. Wieder sah sie seinen selbstgefälligen Gesichtsausdruck vor ihrem inneren Auge. Sie wurde das Gefühl nicht los, dass alles, was ihnen am Mount Guyot heute geschehen war, mit ihm zu tun hatte.

»Camera!«, schrie sie. »Bist du noch da?«

Das Irrlicht, oder was immer es gewesen war, verschwand.

Elisabeth blieb still sitzen. Es wurde wieder heller.

War sie eine ganze Nacht lang herumgeirrt?

Jetzt tauchten um sie herum die Schemen der Bäume wieder auf. Auf ihren Stämmen Symbole in weißer Farbe.

Wegmarkierungen?

Die Dunkelheit verzog sich, als würde ein Schleier gelüftet.

Nein, keine Wegmarkierungen. Runen.

Eine andere Stimme ertönte weiter unten, diesmal eine männliche.

Viel näher dran aber raschelte es.

Elisabeth fuhr zusammen.

Durch das Unterholz näherte sich eine Gestalt.

Dunkelbraunes Fell.

Gertrud!

Natürlich, die männliche Stimme, die jetzt näher dran war, gehörte Stamps. Er rief den Namen des Hundes. Am Russell Field Shelter hatten sie die beiden getroffen, bevor alles so schlimm geworden war.

Die Hündin beschnüffelte sie. Elisabeth umarmte das Tier und brach in Tränen aus.

Zweimal rief Elisabeth nach Stamps, während Gertrud geduldig bei ihr wartete. Erste Sonnenstrahlen brachten die Blätter zum Leuchten.

Kurz darauf tauchte das braungebrannte, bebrillte Gesicht von Stamps über dem Busch neben ihnen auf.

»Du liebe Güte«, sagte er. »Brauchst du Hilfe? Du siehst so ...« Er verstummte.

»Sag ruhig, dass ich schrecklich aussehe. Ich habe auch eine schreckliche Nacht hinter mir.«

»Soll das heißen, du sitzt seit heute Morgen hier?«

»Na ja, es ist doch gerade erst hell geworden. Wie lange bist du denn schon auf den Beinen?«

Stamps machte große Augen. »Na, einige Stunden schon. Was meinst du damit, es ist gerade erst hell geworden? Es ist Nachmittag! Hast du etwa allein hier mitten im Wald geschlafen?«

»Natürlich nicht! Ich habe Camera verloren ... Sie muss hier auch irgendwo sein ... Und dann hab ich mich im Dunkeln verlaufen. So bin ich hier gelandet. Wie gut, dass ihr jetzt da seid!«

Stamps sah verwirrt drein. Er lachte unsicher. »Also, ich weiß nicht, was dir passiert ist. Aber es wird bald wieder dunkel. Am besten laufen wir gemeinsam bis zum nächsten Shelter!«

»Hey!«, rief eine Stimme über ihnen. »Oh Gott, da seid ihr ja!«

»Hi, Camera!«, rief Stamps, während Elisabeth sich mühsam aufrappelte.

Camera stolperte den Hang hinab. Der offene Schlafsack in ihrer Hand schleifte auf dem Boden. Ihre Lippen zitterten und Tränen der Erleichterung standen ihr in den Augen.

Sie fiel Elisabeth um den Hals.

»Was bin ich froh, dich zu sehen«, sagte Elisabeth. »Geht es dir gut?«

»Ja«, sagte Camera atemlos. Dann noch einmal: »Ja.«

Stamps blickte noch verwirrter drein als zuvor.

»Was ist euch denn bloß geschehen?«

Keine der Frauen antwortete.

Stamps führte sie zurück auf den Trail, der ein ganzes Stück weiter unten quer zum Hang verlief. Es wurde eine unwirkliche restliche Etappe, auf der er ihnen keine weiteren Fragen stellte. Mit Camera allein hätte Elisabeth gerne gesprochen. Doch der richtige Moment würde kommen.

Von der Umgebung nahm Elisabeth nichts wahr. Sie registrierte nicht einmal, an welchem Shelter sie spät abends eintrafen und wer sich noch dort aufhielt.

Als sie ihr Zelt aufstellte, war es fast vollständig dunkel. Mit dem Fuß drückte sie gerade einen der Heringe in den festen Grund, als Camera neben ihr auftauchte.

»Glaubst du, du kannst schlafen?«, fragte diese leise.

»Nein.« Elisabeth lachte bitter und spannte das Band an der anderen Ecke des Zeltes.

»Erzählst du mir, was passiert ist? Ich … Ich habe so verrückte Dinge gesehen, und jetzt, wo es ein paar Stunden her ist, verschwimmt schon alles in meinem Kopf. Das müssen Wahnvorstellungen gewesen sein. Ging es dir auch so?«

»Ja, das kann man wohl sagen.«

Camera ging neben Elisabeth in die Hocke.

»Was war da nur los? Haben wir irgendwas Falsches gegessen oder getrunken, was das verursacht hat?«

»Ich wüsste nicht, was. Mir geht es wie dir, ich habe das Gefühl, mich schon gar nicht mehr richtig erinnern zu können. Vielleicht liegt es an diesem Ort? Heißt es nicht, der Mount Guyot hat den Menschen schon immer Angst gemacht?«

»Das ist doch nur Aberglaube. Wenn, dann hat es seinen Ursprung in der Natur hier. Und ich meine keine Geister! Sondern giftige Pflanzen, vielleicht Sporen. Wir müssen Proben sammeln!«

»Vielleicht.« Elisabeth zögerte. »Aber ich habe noch etwas gesehen: Es waren wieder Bäume mit Runen markiert.«

Camera sah sie finster an und schwieg.

»Es ist sicher nicht der Ort allein. Caspar hat irgendwas mit alldem zu tun.«

Camera schüttelte den Kopf.

»Du glaubst das nicht?«

»Ich glaube immer noch, dass man ihm nicht trauen sollte. Er und seine Leute sind womöglich gefährlich. Aber dass sein Runenzauber wirklich funktioniert und er unsichtbare Mächte auf uns hetzt? Nein, wirklich ...«

Abermals schüttelte sie den Kopf.

»Lass uns morgen weiterreden«, sagte Elisabeth. »Ich bin schrecklich müde.«

Sie sahen sich in die Augen, das erste Mal länger, seit sie sich wiedergefunden hatten. Camera schenkte Elisabeth ein kurzes Lächeln, dann stand sie auf.

Teil 4

Einkehr

34

Ove folgte Caspar lange Zeit bergab. Manchmal gab der Wald den Blick ins Tal frei. Inmitten von Grün lag dort an einem Fluss die Ansammlung von Häusern namens ›Green Springs‹.

Seit der Erfahrung am Whispering Rock sah er seine Umgebung mit anderen Augen, suchte den Wald, jeden Felsen, jede Pfütze nach versteckten Lebenszeichen ab. Dass er sie nicht fand, frustrierte ihn. Doch Caspar versicherte ihm, die Geister der Natur seien allgegenwärtig.

Mit Ausnahme von Caspar interessierten die Menschen auf dem Trail Ove nur noch wenig. Von diesen Ahnungslosen konnte er nichts lernen. Auch auf die Vorzüge der Zivilisation, wie sie ihn in Green Springs erwarteten – Geschäfte, eine Bücherei mit Internetzugang – legte er keinen großen Wert mehr. Im Serene Mountain Inn anzukommen, dem Hostel, in dem Caspars Freunde lebten, konnte er dagegen kaum erwarten. Endlich hatte seine Wanderung ein echtes Ziel – vielleicht sogar sein Leben.

Auf zwei großen Steinen am Wegesrand machten sie vor dem Abstieg ins Tal Rast.

»Ich bin dir wirklich dankbar«, sagte Ove. »Die letzten Tage haben mein Leben auf eine Weise verändert, die ich nie für möglich gehalten hätte.«

»Die Macht der Naturgeister ist groß. *Ihnen* musst du danken.«

»Erzähl mir noch mehr über sie. Was war das Beeindruckendste, was du mit ihnen erlebt hast?«

Caspar lachte. »Interessant, dass du mich gerade jetzt darum bittest. Den ganzen Tag schon denke ich an ein besonderes Erlebnis, von dem ich noch nie jemandem erzählt habe.«

Er hob die Augenbrauen.

»Na los«, sagte Ove. »Ich glaube ja, mich kann jetzt nichts mehr umhauen.«

»Ich erinnere mich an einen Tag im Sommer, als ich 13 war. Ich war allein am See in der Nähe unseres Hauses, schwamm meine Runden und lag nackt am Ufer in der Sonne. Die Wassertropfen liefen mir über die Haut und kitzelten mich, aber dann fühlte ich noch etwas. Es war wie die Berührung von Händen, die gar nicht da waren. Ich wusste längst: Das waren sie. Darum hatte ich keine Angst, nicht die geringste. Aber so nah waren sie mir noch nie gekommen. Ich lag ja völlig entblößt da. Inzwischen wusste ich schon, wie mein Körper funktioniert. Es muss wenige Tage zuvor gewesen sein, dass ich zum ersten Mal bewusst einen Orgasmus erlebt hatte, statt bloß im Traum. Ich glaube, sie wussten das.«

Ove hörte gebannt zu. »Du willst mir sagen, dass sie …?«

»Versteh das nicht falsch, sie haben keine Gewalt angewendet. Sie streichelten mich, viel vorsichtiger, als ich selbst es getan hatte oder überhaupt ein Mensch es könnte. Ich schloss die Augen und es fühlte sich an, als würde ich fliegen!«

Wieder lachte Caspar und Ove stimmte mit ein, weil er nicht wusste, wie er anders reagieren sollte.

»Das ist unglaublich.«

»Oh nein, es war sehr echt.«

»Du hattest wirklich keine Angst? Auch nicht danach, dass sie dich vielleicht nicht mehr in Ruhe lassen würden?«

»Es ist nie wieder passiert. Ich glaube, für sie hatte es nichts mit Lust zu tun, wie wir sie empfinden. Es war Neugier und Spielerei.«

Ove dachte über das Gehörte nach, während sie einpackten und weiterliefen. Konnte er wirklich alles glauben, was Caspar erzählte?

Zum ersten Mal seit längerer Zeit kam ihm Camera wieder in den Sinn. Er bekam ein schlechtes Gewissen. Auf keinen Fall wollte er, dass sie zu einer dieser flüchtigen Trailbekanntschaften wurde, die man nach ein paar schönen Gesprächen nie wieder sah und bald vergaß.

»Vielleicht treffen wir Professor und Camera im Hostel«, sagte Ove. »Sie könnten uns inzwischen überholt haben.«

»Ich glaube nicht, dass sie so schnell vorangekommen sind«, sagte Caspar.

»Warum?«

»Nun ja, der Mount Guyot ist kein einfacher Abschnitt.«

»Abgelegen ist er, ja. Aber der Weg ist nicht beschwerlicher als anderswo.«

»Das meinte ich nicht.«

»Sondern? Manchmal machst du einen verrückt mit deinen Andeutungen.«

Ove lachte, während er das sagte.

»Du hast es doch selbst erlebt! Dieser Ort birgt einige Überraschungen.«

»Ja, aber ... Du meinst doch nicht etwa, dass die beiden in Schwierigkeiten geraten sind?«

Caspar winkte ab. »Mach dir keine Sorgen.«

»Ich weiß, dass du dich nicht gerade mit ihnen angefreundet hast. Und sie es dir auch nicht leicht ...«

»Das ist schon in Ordnung.«

»Aber mir sind sie ans Herz gewachsen, besonders Camera.«

»Vergiss, was ich gesagt habe. Ich wollte dir wegen deiner Freundin keine Angst einjagen.«

»Sie ist nicht meine ...«

Caspar blieb abrupt stehen, sah Ove direkt in die Augen und legte ihm eine Hand auf die Schulter.

»Entschuldige. Vergiss es. Ich bin sicher, es geht ihnen gut.«

35

Im Tal spuckte der Trail sie auf eine asphaltierte Straße. Die kam Ove wie eine andere Welt vor, so lange hatten sie keine mehr betreten.

Caspar steuerte auf ein Haus hinter dicht belaubten Bäumen zu. Es thronte auf einer kleinen Anhöhe neben der Straße am Rand von Green Springs. Erst als sie in die Seitenstraße daneben einbogen, kam das typisch amerikanische Haus ganz zum Vorschein, mit weiß gestrichener Holzfassade, mehreren Erkern, Balkonen und Veranden.

»Wow«, sagte Ove, als sie davor stehen blieben.

»Warte erst, bis du es von innen siehst«, sagte Caspar.

Nichts deutete darauf hin, dass jemand hier Gäste willkommen hieß – kein Schild am Eingang oder an der Straße.

»Das ist das Serene Mountain Inn?«, fragte Ove. »Bist du sicher?«

»Natürlich«, entgegnete Caspar.

Von der Veranda winkte ihnen ein junger Mann mit einer Gitarre auf dem Schoß träge zu. Caspar stieg die paar Stufen zu ihm hoch, während sich Ove noch umsah.

Bei näherer Betrachtung war die weiße Farbe der Hausfassade an vielen Stellen rissig und fleckig. Auf der Veranda standen kaputte Möbel, im hohen Gras lagen rostige Metallteile.

Ove folgte Caspar, der mit dem Gitarrenspieler auf der Veranda schon in eine Unterhaltung vertieft war. Der hagere, braungebrannte Amerikaner mit schwarzen Haaren und großen Augen sah kaum älter aus als zwanzig. Er stellte sich als Jamie vor und führte sie zum Hintereingang. Vor der Tür hatten sich einige Katzen zusammengerottet, halbvolle Futternäpfe standen im Weg. Die Ankunft der Männer ließ die Tiere unbeeindruckt. Nur ein geschecktes Exemplar, dessen rechtes Auge milchig war und tränte, ging ihnen betont langsam aus dem Weg, den Schwanz hochgereckt wie eine Antenne.

Nacheinander schoben sich Jamie, Caspar und Ove durch einen kleinen Vorraum, der als Waschküche diente. Vor den zwei Waschmaschinen, die beide liefen, häufte sich noch mehr Wäsche, wie zum Vorwurf, dass die Geräte mit der Arbeit nicht hinterherkamen.

Sie betraten eine Küche, die bis in den hintersten Winkel vollgestellt war. Auf dem Herd in der Mitte stieg Dampf aus Töpfen, drumherum stapelten sich benutzte Teller. Caspar, der größte der drei, duckte sich unter Küchengeräten und Pfannen, die von den Deckenbalken hingen.

Ein Sekretär an der Wand war mit immensen Papierstapeln beladen, auf einem lag ein zerfleddertes Telefonbuch.

Ove bestaunte das uralte Telefon mit Wählscheibe daneben.

Vor dem Sekretär saß ein Mann mit krausen, grauen Haaren, vertieft in ein Notizbuch. Die hereinkommenden Männer schien er gar nicht wahrzunehmen.

»Wir haben neue Gäste, Milton«, sagte Jamie. »Haben wir noch Zimmer frei?«

Der Angesprochene drehte sich mühsam um und sah sie an, ohne zu lächeln. Er trug eine Brille, sein gerötetes Gesicht war leicht verschwitzt. Er erinnerte Ove an seinen Onkel Halvard, der zurückgezogen in den Bergen im Inland lebte und nie zu Familienfeiern erschien.

»Caspar.«

Milton erhob sich und legte Caspar eine Hand auf die Schulter. Er schien nicht im Geringsten überrascht, dass der Weitgereiste in seiner Küche stand.

»Milton, wie schön, dich zu sehen«, sagte dieser und drückte nun seinerseits dessen Schulter.

Das Verhalten dieses Milton verwirrte Ove. Nach Caspars Erzählungen hatte er mit einer herzlicheren Begrüßung zwischen den beiden gerechnet.

Milton schaute wieder in sein Notizbuch. Mit einem Bleistift in der Hand nuschelte er vor sich hin: »Zwei Zimmer frei, fünf Betten.«

»Großartig.« Caspar strahlte Ove an.

»Ich muss euch bitten, zusammen ein Doppelzimmer zu beziehen. Das andere Zweierzimmer muss freibleiben. Ich weiß ja nicht, wer noch kommt.«

Er sprach so leise, dass Ove sich konzentrieren musste, ihn zu verstehen.

»Kein Problem für mich«, sagte Caspar.

Jetzt wo sie endlich in einem richtigen Haus übernachteten, wollte Ove sich nicht beschweren, auch wenn er sich über Privatsphäre gefreut hätte. Er zuckte mit den Schultern und sagte »OK«.

»Dann macht das 18 Dollar pro Person. Ich gehe davon aus, dass ihr auch Frühstück und Abendessen möchtet. Wäre gut, wenn ihr gleich bezahlt. Und tragt euch da bitte mit eurem Trailnamen ein.« Milton zeigte auf einen Zettel, der an der Küchentür hing. Daneben baumelte ein Kuli an einer Schnur.

Caspar schien zu zögern. So behandelt zu werden wie jeder beliebige frisch eingetroffene Gast, nagte eindeutig an ihm, aber er war wohl auch zu stolz, das zuzugeben.

»Ich glaube, ich habe gerade nicht ...«, begann Ove.

»Ich kann für dich zahlen«, sagte Caspar und hielt Milton ein paar zerknüllte Scheine hin. Der hatte Mühe, sie zu glätten und durchzuzählen. Irgendwann schien er zufrieden, brachte ein tonloses »Danke« hervor, öffnete eine blaue Metallbüchse und legte die Scheine hinein.

»Jamie zeigt euch eure Zimmer. Um 19 Uhr gibt es das Abendessen. Ihr werdet dann eine Klingel hören, bitte kommt pünktlich herunter. Hier essen alle gemeinsam, da drüben.«

Er zeigte auf einen Raum hinter der Küche, den ein dunkelbrauner Esstisch ausfüllte.

Ove las ein paar bekannte Namen auf dem Zettel.

Eagle. Pockets. Pretzels.

Caspar schrieb in schiefen Großbuchstaben »Odin« auf die Liste. Ove kritzelte »Potbag« darunter.

ᚠ ᚨ ᛉ

Auf dem Weg zu ihrem Gästezimmer kamen sie an antiken Holzmöbeln und Regalen voller alter Bücher vorbei. Verblasste Teppiche und Tapeten zeugten davon, dass dem Besitzer nichts daran gelegen war, diesen Schatz im neuen Glanz erstrahlen zu lassen.

Jamie führte sie durch einen breiten Flur, die quietschende Treppe hinauf und im ersten Stockwerk einen engeren Korridor entlang. Sogar dort im Flur standen deckenhohe Regale, komplett mit Büchern vollgestopft. Im Vorbeigehen las Ove einige Titel auf den Buchrücken: *Lieder der Sylphen, Das Okkulte und die moderne Welt, Das Universum des Paracelsus.*

»Ist das nicht ein großartiges Haus?«, fragte Caspar.

Ove nickte.

Am Ende des Gangs kämpfte Jamie mit einer klapprigen Tür. Sie führte auf eine Veranda mit schnörkeliger Holzbalustrade. Zwei Schaukelstühle luden ein, im Schatten zu verweilen. Welkes Laub tanzte im Windzug auf dem Boden, in den Ecken hingen Spinnweben.

Caspar trat an die Balustrade, legte beide Hände darauf und schaute über den Garten. Hinter alten Bäumen an dessen Ende lugte das Dach eines kleineren Hauses hervor.

Sie gingen wieder hinein. Der Raum, den Milton ihnen zugeteilt hatte, lag direkt neben der Veranda. Caspar und Ove stellten ihre Rucksäcke ab. Es gab zwei getrennte Betten, in einer Ecke einen Kleiderschrank, der seine besten Jahre hinter sich hatte, und vor dem Erkerfenster einen Holztisch mit Stuhl.

Ove trat ans Fenster, dessen Rahmen von einer Staubschicht bedeckt war. Auf dem rissigen Holzfußboden davor lagen tote Wespen und Fliegen. Bei genauerem Hinsehen waren es unzählige.

»Ich hoffe sehr, dass du dich hier wohl fühlen wirst«, sagte Caspar. »Milton mag dir verschroben vorkommen, aber er ist eine gute Seele.«

36

Caspar lag auf seinem Bett und starrte an die Decke. Endlich hatte er es hierhergeschafft. Milton und die vertrauten Räume zu sehen, ließ seine wiedergewonnene Zuversicht wachsen. Weitere seiner alten Gefährten hatte er noch nicht angetroffen. Ganz sicher waren sie hier oder wenigstens in der Nähe. In Green Springs vermieteten noch andere Bewohner Gästezimmer an die jährlich wachsende Schar von Wandernden. Den meisten von ihnen vertraute Milton. Sicher würden sich trotzdem alle zum Abendessen hier versammeln; das Serene Mountain Inn war für seine Mahlzeiten berühmt.

Ove kehrte frisch geduscht und rasiert in ihr Zimmer zurück und sah um zehn Jahre jünger aus.

»Das Bad ist frei!«

»Das muss warten bis nach dem Essen.«

»Aus der Dusche kommt bloß ein Rinnsal und es schimmelt in den Ecken.«

Caspar schwang sich aus dem Bett.

»Das hier ist keine Luxusvilla, sondern ein Hostel. Und außerdem ein Haus mit einer langen und einmaligen Geschichte.«

»Schon gut«, sagte Ove. »Ich will mich nicht beschweren.«

»Dann tu's nicht.«

Von unten ertönte eine Glocke.

Das schrille Geräusch beruhigte Caspar. Gut, dass sich manche Rituale nie änderten.

»Komm«, sagte er. »Milton hat es nicht gern, wenn jemand unpünktlich zum Essen kommt.«

Obwohl sie keine Zeit verschwendet hatten, waren an dem langen Tisch im Esszimmer nur noch zwei Plätze frei. Caspar sah die versammelten Gäste der Reihe nach an. Er kannte niemanden.

Wo waren die anderen? War Phil nicht hier? Alle hatten doch immer wieder vom Serene Mountain Inn gesprochen.

Doch Caspar sparte sich seine Fragen auf. Es blieb abzuwarten, wer die Leute am Tisch waren.

Ove grinste zwei jungen Frauen zu und sagte »Hi«. Einem der Männer klopfte er im Vorbeigehen auf die Schulter und sagte: »Eagle, schön, dich zu sehen.«

Caspar nickte allen stumm zu.

Als sie Platz genommen hatten, erklärte Milton allen das Menü. Wie in diesem Haus üblich war es ausnahmslos vegetarisch: Gemüsecremesuppe, Kartoffelgratin, Pecan Pie. Milton pflegte das Essen höchstpersönlich zuzubereiten.

»Ich bedanke mich bei Jamie«, sagte er. »Er ist mein Helfer für alles, sei es der kaputte Zaun oder das Zerkleinern von Gemüse für unser Abendessen. Den Nachtisch für heute hat er ganz allein zubereitet. Bei allen Zutaten handelt es sich um ausschließlich regionale Produkte. Wie ihr sicher gemerkt habt, versuchen wir hier, ein einfacheres, gesünderes Leben zu leben, ganz im Sinne des Appalachian Trail: nah an der Natur und im Einklang mit ihr. Seit lange vor meiner Zeit steht unser Haus allen offen, die sich das wünschen.«

Bei Caspars erstem Besuch als Wanderer hatte Milton exakt die gleiche Ansprache gehalten. Nein, an den Ritualen in diesem Haus hatte sich wirklich nichts verändert. Doch war dieser Haufen hier am Tisch die Gesellschaft, die er brauchte?

37

Während der Suppe bat Milton alle um eine Vorstellungsrunde. Abgesehen von Caspar waren Pockets, Pretzels und Eagle die einzigen Gäste, die Ove kannte. Sieben weitere hungrige Hiker saßen am Tisch. Zwar gehörte zu Green Springs auch ein Burger-Restaurant – doch diejenigen, die den Weg ins Serene Mountain Inn fanden, zogen Miltons Küche vor.

»Wo habt ihr Stamps und seinen Hund gelassen?«, fragte Ove, an Eagle gewandt.

»Lass uns bitte erst die Vorstellungsrunde beenden, bevor wir ins Plaudern kommen«, sagte Milton am Kopfende der

Tafel. Sein Gesicht blieb dabei ernst.

Er war wirklich ein seltsamer Gastgeber. Aber vielleicht verstellte er sich auch einfach nicht gern – und wollte so auch seinen Gästen das Gefühl geben, dass sie hier ganz sie selbst sein konnten.

Ove beschloss, auch Miltons Vorliebe für Hausregeln nicht gleich zu verurteilen. Manchmal waren sie für ein Gemeinschaftsgefühl schließlich unvermeidlich, ähnlich wie in einer Großfamilie.

Als nach der Vorstellungsrunde Stille eintrat, ergriff Caspar das Wort: »Ihr müsst wissen: Ich war vor einigen Jahren schon einmal hier und dieser Ort hat mein Leben verändert. Dieses Haus und seine Gemeinschaft. Ich bin so froh, wieder hier zu sein. Wo sind denn unsere Freunde, Milton? Phil hat mir versprochen, dass sich alle hier ...«

»Darüber sprechen wir später, Caspar«, sagte Milton mit gerunzelter Stirn.

»Es könnte aber auch für die neuen Gäste hier interessant sein, die anderen kennenzulernen und mehr über uns zu erfahren.«

»Ganz bestimmt«, sagte Ove. »Du hast mir unterwegs so viel erzählt ...«

»Wir werden sehen.« Milton erhob sich. »Nun, ich hoffe, ihr seid alle bereit für den nächsten Gang?«

Jamie und er servierten das Gratin. Während des Hauptgangs entspann sich zwischen den Anwesenden eine Unterhaltung über ihre Erfahrungen auf dem AT, in die sich Milton aber kaum einbrachte. Auch Caspar war schweigsam. Ove tat es leid, dass die Ankunft im Hostel anders verlief, als sein Wandergefährte sie sich ausgemalt hatte.

»Hast du keine Möglichkeit, deinen Freund Phil zu erreichen, um ihn zu fragen, wo er und die anderen sind?«, fragte er ihn leise.

Caspar schaute finster zu Milton hinüber.

»Ich rede mit Milton. Nach dem Essen.«

Als Jamie zum Dessert seine Pecan Pie anschnitt und verteilte, sagte Milton: »Ich habe noch eine Frage, die ich jedem Einzelnen von euch stellen möchte. Das ist ein Ritual an diesem Tisch, das auch Caspar schon kennt.«

Ove fiel auf, dass Caspar der Einzige war, den Milton beim richtigen Namen statt dem Trailnamen nannte.

»Nennt mir bitte eine Sache, die eurer Meinung nach niemals hätte erfunden werden dürfen. Jeder nur eine.«

»Handys«, sagte einer der jüngeren Hiker, der sich Dragon nannte, sofort.

Milton nickte energisch.

»Wie?«, fragte Eagle. »Sagt mir bloß nicht, dass ihr alle keins habt!«

Niemand gab ihm eine Antwort.

»Geld«, sagte Caspar. Pockets lachte laut auf, woraufhin Caspar sie durchdringend ansah.

Milton nickte, sagte: »Darüber sollte man mal nachdenken«, fuhr aber dann trotzdem mit der Runde fort.

»Was noch?«, fragte er, und sah Pretzels an.

Die zuckte mit den Schultern, sah ihre Freundin Pockets an, die schließlich »Facebook« sagte.

»Sehr richtig«, antwortete Milton.

»Autos vielleicht«, warf eine der anderen Frauen dazwischen.

»Hört, hört«, sagte Milton. »Ihr alle zusammen würdet aber eine Menge Dinge aufgeben.«

»Das ist doch nicht euer Ernst«, sagte Eagle.

»Ich liebe mein altes Auto, um ehrlich zu sein«, sagte Milton. »Das gönne ich mir, obwohl ich zugegebenermaßen meistens Jamie damit losschicke.«

Jamie schwieg die ganze Zeit, lächelte nur mit freundlichem, offenem Blick in die Runde. Ove fragte sich, ob er nur höflich zu den Gästen war, weil er im Hostel arbeitete, und ansonsten gar nichts mit Milton und seiner Philosophie am Hut hatte.

»Was denkst du, Ove?«, fragte Milton. »Entschuldigung, ich bin der Meinung, dass wir den Namen Potbag noch ändern müssen. Was wärst du bereit, aufzugeben?«

Er sah Ove herausfordernd an, auch die Blicke der anderen richteten sich auf ihn.

Ove fiel zunächst gar nichts ein. Dabei gab es doch so vieles, was auf diese Liste gehörte.

»Ach, keine Ahnung«, sagte er. »Maschinengewehre. Kreuzfahrtschiffe. Fischstäbchen.«

Mehrere lachten. Eagle klopfte ihm auf die Schulter. Milton sah Ove einige Sekunden nachdenklich an. Wahrscheinlich befürwortete er alle drei Vorschläge gleichermaßen.

Ove schaute weg und aß weiter von der Pecan Pie. Die ersten Stunden in diesem Haus steigerten nur seine Neugier auf das, was dort noch geschehen mochte. Hielt dieser seltsame Ort weitere Offenbarungen bereit, ähnlich der am Whispering Rock?

38

Das Geplänkel langweilte Caspar, er stieg aus dem Gespräch aus. Stattdessen konzentrierte er sich auf das Stück Kuchen vor ihm. Es schmeckte himmlisch, so viel musste er Milton und Jamie lassen.

Natürlich war es Milton, der die Mahlzeit und das Beisammensitzen irgendwann abrupt für beendet erklärte. Alle Anwesenden fügten sich und schlichen aus dem Esszimmer. Manchen sah Caspar das Unbehagen an, das Miltons Art verursachte. Sicher würden sie zurück auf dem Trail sofort das Lästern anfangen.

»Wer es sich noch hier unten in der Bibliothek gemütlich machen möchte, ist herzlich eingeladen«, rief Milton ihnen hinterher. »Wir haben Sessel und Stühle genug.«

Niemand antwortete, alle gingen auf ihre Zimmer, bis auf Caspar.

Der hielt Ove zurück.

»Willst du dich uns nicht anschließen?«

»Nein, danke. Ich muss mich dringend ausruhen und mal wieder eine Weile allein sein.«

Damit verschwand auch er nach oben.

»Du hast sie verschreckt«, sagte Caspar zu Milton.

»Das hoffe ich doch.«

»Was hast du plötzlich gegen deine Gäste?«

»Ach, sie halten den Laden am Laufen. Aber Ruhe wäre mir lieber. Komm mit.«

Sie gingen vom Esszimmer über den dunklen Flur in die Bibliothek, die noch chaotischer und verstaubter aussah als bei Caspars erstem Besuch. Der Schirm der Stehlampe in der Ecke hatte dieselbe Farbe wie die Blätter der vertrockneten Pflanzen auf der Fensterbank.

Caspar nahm in einem der Sessel Platz. Milton blieb vor einem Bücherregal stehen und ließ seinen Blick darüber wandern, als wäre er selbst zum ersten Mal Gast in diesem Raum. Jetzt, wo sie beide allein waren, strahlte er eine Unruhe aus, die Caspar von ihm nicht kannte.

»Verzeih, wenn ich etwas durcheinander bin«, sagte Milton. »Ich freue mich, dass du hier bist, glaub mir. Du bist genau zur richtigen Zeit gekommen.«

»Das freut mich zu hören.«

»Ich hoffe, wir können deinem norwegischen Freund vertrauen?«

»Natürlich.«

»Dir muss ich ja nicht erklären, wie wichtig das ist.«

»Ove ist in Ordnung. Die Zweifel hatten mir hart zugesetzt, aber dann traf ich ihn. Ein Glücksfall! Er hat mich zum Whispering Rock begleitet, er hat diesen Ort *erlebt* genau wie ich!«

»Gut.«

»Wo ist denn nun unsere Gruppe? Phil hat mir versprochen, dass er hier sein würde. Und was ist mit Vijaya? Auch er hat mich noch besucht vor seiner Abreise, in geradezu euphorischer Stimmung. Ist er nicht hier?«

»Doch, das ist er. Oder war es. Je nachdem, wie man es betrachtet.«

»Was willst du damit sagen? Und was ist mit den anderen?«

Milton schwieg. In Caspars Erinnerung tauchten all die letzten Begegnungen auf, die er mit Mitgliedern seiner Gemeinschaft gehabt hatte. Sie alle hatten von Green Springs gesprochen und von diesem Mann, der jetzt vor ihm stand und sich aus der Nase ziehen ließ, was seitdem geschehen war.

Endlich setzte Milton sich Caspar gegenüber auf einen Stuhl.

»Alle waren hier«, begann er. »Phil, Vijaya, Vera, die Gruppe um Malin und Rasmus aus Schweden, unsere australischen Freunde … wirklich alle. Sogar neue Gefährten brachten sie mit. Ein paar Wochen ist das jetzt her, du warst schon auf Wanderschaft. Ich hatte deinen Brief von unterwegs erhalten. Eines Abends sind wir alle gemeinsam hinunter zum French Broad River, du weißt ja, die Wiese und der große Felsen am Wasser.«

»Ich erinnere mich sehr gut.«

»Es war viele Jahre her, dass wir eine solch starke Runde waren. Ich ahnte, dass uns ein Durchbruch gelingen könnte. Aber ich war nicht auf das vorbereitet, was geschah. Niemand von uns war das.«

Miltons Blick schien dem von Caspar auszuweichen. Lag Angst darin?

»Wir waren zwölf. Eine kraftvolle Zahl! Malin und Vera hatten die Runen auf die Felsen im Wasser gemalt. Wir formten den Kreis und sofort waren sie da, überall um uns herum. Jeder von uns fühlte sie, hörte sie. Noch nie zuvor war es so intensiv.«

Hier waren sie also gewesen, die Unsichtbaren dieser Berge, bei Milton und der Gruppe, ohne zu zögern!

Ein Teil von Caspar wollte gar nicht hören, was sie da am Fluss erlebt hatten. Doch natürlich musste er es wissen. Es war noch nicht zu spät. Er war jetzt hier.

»Aber das war noch nicht alles?«, fragte er Milton.

»Oh nein«, antwortete der ernst. »Anfangs begrüßten sie uns, sie tanzten und sangen, wie um zu feiern, dass wir versammelt waren. Dann sprachen sie zu uns, so klar wie noch nie. Zuerst war es einfach wunderbar! Wenn wir nur geahnt hätten, was ...«

Milton schüttelte den Kopf. »Die Luftgeister baten uns, keine Angst zu haben. Es würde etwas Besonderes geschehen, das uns einen neuen Weg zeigen würde. Niemand von uns wagte, zu antworten oder Fragen zu stellen. Wir fürchteten, etwas Falsches zu sagen, das dieses neu geknüpfte Band zerreißen würde. Ich ...«

Er räusperte sich und sah zur Zimmerdecke, wie um dort seine nächsten Worte zu finden, dann auf seine Hände. »Ich weiß nicht mehr, wer rechts von mir saß. Aber meine linke Hand hielt die von Vijaya. Er presste meine mit einem Mal so sehr zusammen, dass es wehtat. Seine eigene war schweißnass.« Miltons Stimme begann zu beben. »Er fing an zu wimmern. Ich sah nicht hin. Ich erwiderte nur den Druck. Ich wollte ihm ja zeigen, dass ich ihm beistand! Ich dachte, er sei einfach überwältigt von dieser Begegnung oder hätte Angst vor ihnen.«

»Vijaya? Der hat keine Angst.«

»Nein, es waren *sie*! *Sie* hatten angefangen, in ihn ... einzudringen!«

»Was?«

Milton sammelte sich, bevor er weitersprach. Caspar hätte ihn am liebsten geschüttelt, aber zwang sich, abzuwarten.

»Colin schrie auf. Er hatte Vijayas andere Hand gehalten und sich von ihm losgerissen. Aber ich kam nicht los, die Hand war plötzlich fest wie ein Schraubstock! Und sie ... veränderte sich vor meinen Augen! Ich zerrte mit aller Kraft, wollte einfach weg, egal wie. Und irgendwie habe ich es dann auch geschafft. Erst habe ich es gar nicht gemerkt, aber Vijayas Hand verletzte mich dabei schlimm. Sieh dir das an!«

Milton hielt Caspar den linken Handrücken entgegen. Die verheilten, aber tiefen Kratzer waren deutlich zu sehen.

»Aber was war mit ihm passiert?«

»Sie hatten ihn verwandelt. Oder besser gesagt: Sie hatten gerade damit begonnen.«

»Wie meinst du das?«

»Alle starrten Vijaya an. Der Kreis löste sich auf, manche schrien ... Vijaya krümmte sich und es drangen so seltsame, heisere Geräusche aus ihm. Die werde ich bis an mein Lebensende hören, glaub mir! Seine Stimme wurde tiefer, irgendwie hohl, und sein Gesicht fahl. Und er bekam Falten. Als würde er rasend schnell altern oder einfach ... vertrocknen.«

Milton verzog das Gesicht und schüttelte abermals den Kopf. »Dann fiel er zu Boden und ich dachte schon, er wäre tot. Er stöhnte nicht mehr. Lag nur regungslos da. Wir riefen seinen Namen, aber er reagierte nicht. Ich trat näher, da hörte ich, wie sein Atem rasselte. Aber seine ganze Haut war gräulich und zerfurcht ... wie die Rinde von einem Baum.«

Caspar war hin- und her gerissen. Ein einmaliges Ereignis,

von dem er ausgeschlossen worden war! Gleichzeitig war er fasziniert von diesem ungeahnten Zeichen ihrer Stärke.

»Was habt ihr mit ihm gemacht?«

»Er konnte nicht aufstehen. Wir haben versucht, ihn zu tragen. Wir nahmen den Pfad am Fluss, nicht die Straße. Aber die Transformation war noch nicht vorbei. Vijayas ganzer Körper wurde steif, seine Haut immer fester. Unten bei der Weggabelung konnten wir nicht weiter, er wurde zu schwer für uns. Vijaya, der doch so schmächtig war, so schwer wie ein dicker Baumstamm! Wir legten seinen Körper auf den Boden und da ...«

Milton schluckte.

»Jetzt erzähl schon!«, sagte Caspar.

»Seine Arme und Beine, sie ... wuchsen und verformten sich, seine Kleidung zerriss. Ich kann das immer noch kaum fassen! Teile von ihm wurden zu Wurzeln, die krochen über den Boden und gruben sich in die Erde! Wir wichen zurück und konnten nur zusehen. Colin wurde halb wahnsinnig und rannte weg, aber keiner kümmerte sich um ihn. Aus Vijayas Oberkörper wuchsen Triebe, und die wurden zu Ästen. Sein Gesicht war schon wie tot und bald gar nicht mehr zu erkennen. Seine Augen waren starr und leer. Sie verschwanden einfach in der Baumrinde, genau wie seine Gesichtszüge. Das kann sich einfach niemand vorstellen, der es nicht gesehen hat ...«

Milton fuhr sich mit beiden Händen über das Gesicht.

»Du unterschätzt meine Vorstellungskraft«, sagte Caspar.

»Er ... wuchs immer weiter, bis von einem menschlichen Körper nichts, aber auch gar nichts mehr zu sehen war. Er sah aus wie jeder andere Baum dort am Fluss. Und gab keinen

Laut mehr von sich. Seine Seele war schon längst nicht mehr da. Sie hatten sie aus seinem Körper verdrängt.«

»Sie haben ihn zu einem von sich gemacht«, sagte Caspar.

»Ja.«

»Ist der Baum noch immer dort?«

»Ja. Jeder von uns war noch einmal am Fluss, um es mit eigenen Augen zu sehen. Der Baum ist da und niemand würde bei seinem Anblick auch nur ahnen, was da geschehen ist. Von Vijaya keine Spur.«

»Es gibt schlimmere Arten, sein Dasein als Mensch zu beenden.«

»So kenne ich dich«, sagte Milton und sah Caspar zum ersten Mal seit seiner Erzählung wieder in die Augen. »Die meisten Menschen sind dir herzlich egal.«

»Glaub mir«, sagte Caspar. »Es macht mich betroffen. Vijaya war einer meiner treuesten Gefährten. In den schwierigen Tagen mit Miriam und David ist er nicht von meiner Seite gewichen. Dass sie ohne Weiteres Menschen beseitigen können, wussten wir längst. Nichts anderes ist doch schließlich mit meinem Vater passiert! Nur haben sie von ihm nicht Besitz ergriffen. Sein Körper war noch da. Das war nicht ganz unerheblich für das, was danach passierte. David und Miriam wären sonst ebenfalls gestorben.«

»Hast du das damals nicht bewusst riskiert?«

»Darum geht es doch jetzt nicht!«, fuhr Caspar Milton an. »Ja, ich war maßlos enttäuscht von ihnen, das bin ich immer noch. Aber ich habe ihnen nie den Tod gewünscht.«

»Und was da mit Vijaya passiert ist – wusstest du etwa, dass so etwas möglich ist?«

Caspar stand auf und ging zum Fenster hinüber, obwohl draußen nichts als Dunkelheit war. Er sah nur sein eigenes, verschwommenes Spiegelbild.

»Es ist Teil der großen Veränderung, die der Welt bevorsteht. Es gibt diese Menschen, die uns niemals verstehen werden. Auch für die Naturgeister sind sie Feinde. Sie haben keinen Platz in unserer Zukunft. Ihnen bleibt nur die Transformation. Und dafür können sie noch dankbar sein! Vor langer Zeit schon haben wir es mit den Unsichtbaren vereinbart. Ich habe bloß nicht kommen sehen, dass es bereits beginnt. Aber dass sie einen von uns geholt haben ... Vijaya hat mir nie einen Grund gegeben, an seiner Loyalität zu zweifeln. Vielleicht wussten sie etwas über ihn, dass wir nicht wussten.«

»Für uns, die dabei waren«, sagte Milton, und Caspar hasste ihn dafür, »fühlte es sich an wie eine Machtdemonstration. Unsere Gemeinschaft war so stark an diesem Tag. Sie wollten uns in die Schranken weisen. Das ist auch der Grund, warum die Gruppe sich danach getrennt hat. Aus Angst. Oder nennen wir es Vorsicht.«

»Wo sind die anderen jetzt?«

»Manche sind noch in der Nähe, manche abgereist.«

»Das hast du zugelassen? Es gefällt mir nicht. Demut sollten wir zeigen, aber keine Schwäche.«

Beide schwiegen für einen Moment.

»Wenn die Unsichtbaren Menschen auf diese Weise beseitigen können«, sagte Milton leise, »bedeutet das nicht, dass sie uns als ihre Verbündeten gar nicht brauchen?«

»Unsinn. Es geht ihnen nicht darum, die ganze Menschheit zu unterwerfen oder gar auszulöschen. Ihr Ziel, unser *gemein-*

sames Ziel, ist ein respektvolles, gemeinsames Dasein auf dieser Welt. Um das zu erreichen, brauchen sie uns als Wegbereiter.«

»Warum haben sie ausgerechnet dich dann so lange im Stich gelassen?«

»Ich weiß es nicht!«, brüllte Caspar unvermittelt.

Leiser fuhr er fort: »Aber das ist jetzt vorbei. Sie sind wieder an meiner Seite.«

»Gut. Was wirst du nun tun?«

»Mich auf diese neuen Möglichkeiten einlassen.«

39

Mona erwachte aus einem tiefen, traumlosen Schlaf, als Stamps sie beim Aufstehen versehentlich anstieß. Nach den Erlebnissen des Vortages hatte sie es vorgezogen, neben ihm und Gertrud im Shelter zu übernachten statt allein im Zelt. Dort hatte ihre Müdigkeit sie tatsächlich für ein paar Stunden die schrecklichen Bilder vergessen lassen.

Sie setzte sich auf. Es war ein kalter Morgen im Wald. Das Cosby Knob Shelter verfügte über einen Kamin, in dem ein dicker Hiker namens Blisters, der spät abends im Dunkeln an der Hütte angekommen war, gerade ein Feuer entfachte. Gertrud sah ihm dabei zu. Vor der Hütte hockte Professor im Gras und rollte ihre Isomatte ein.

»Tut mir leid«, sagte Stamps. »Das war ungeschickt von mir. Hast du gut geschlafen?«

Gertrud kam angelaufen und schnüffelte an Monas Schlafsack.

»Ja«, antwortete Mona.

Professor hob wortlos die Hand, ihr Blick war ernst.

Der Tag am Mount Guyot hatte alles verändert. Auch der Clingman's Dome war schwierig gewesen, aber er hatte ihnen nicht den Mut genommen. Jetzt herrschte trotz des alltäglichen Einpack-Rituals keinerlei Aufbruchsstimmung.

Mona wollte sich nicht erinnern, was am Vortag geschehen war. Doch die Bilder kehrten zurück, ebenso die Geräusche und das Gefühl des Ausgeliefertseins.

Sie stand auf und lief zur Wasserquelle, die Gott sei Dank in Sichtweite der Schutzhütte lag. Die Büsche auf dem kurzen, schmalen Weg dahin waren ihr trotzdem zu nah.

Was auch immer der Auslöser gewesen war – sie hatte sich alles nur eingebildet. Gar keine Frage. Aber sich das klarzumachen, half nicht gegen die Erinnerungen.

Dreimal tauchte Mona ihr Gesicht in kaltes Wasser und ließ es danach auf der Haut trocknen.

Wie sollte es jetzt weitergehen? Konnte sie sich auch nur einen Tag länger in diesem Wald aufhalten?

Sie musste mit Professor sprechen. Sollte Mona wirklich weiterlaufen, dann nur gemeinsam mit ihrer Gefährtin.

Vom Shelter wehten Gesprächsfetzen herüber. Als Mona zurückkehrte, stand Professor einer dürren Frau mit langen, zerzausten Haaren gegenüber. Trotz der Kälte trug sie nur ein T-Shirt, dazu ausgebleichte Jeans, ein paar alte Turnschuhe und keinerlei Gepäck. Sie hielt den Kopf gesenkt und starrte Professor an.

Die sagte: »Ich bin Professor. Elisabeth. Wie heißt du? Und woher kommst du?«

Die Frau fasste sich an den Kopf.

»Ich ... Äh ...«

Sie sah sich um. Ihr Gesicht hatte dunkle Flecken.

Alle warteten, dass die Frau ihren Satz beendete, doch sie blieb stumm stehen und kratzte sich am Unterarm, dessen Haut ebenfalls verfärbt war.

Professor trat vorsichtig näher. »Setz dich doch dort auf die Bank. Ich gebe dir Wasser.«

Die Frau wich zurück. »Nein!«

»Hast du dich verlaufen?«, fragte Stamps.

»Ich war in Green Springs«, sagte sie.

»Und wo willst du hin?«

»Zurück nach Hause.«

»Wo ist das?«

»Philadelphia.«

»Dann bist du auch den Trail gewandert? Wo sind denn deine Sachen?«

Sie kratzte sich heftiger.

»Die ... Die habe ich, glaube ich, dagelassen.«

»Setz dich doch bitte«, sagte Professor.

»Nein, nein, nein, ich muss weiter. Ich kann hier nicht herumsitzen. Scheiße.« Das letzte Wort hatte sie eher geflüstert.

»Bist du die ganze Nacht gelaufen?«, fragte Blisters. »Von Green Springs bis hierher, nur im T-Shirt?«

Die Frau reagierte nicht, sah sich hektisch um.

Die dunklen Flecken auf ihrem Hals, auf Teilen ihrer Wangen und der Stirn waren kein Dreck, sondern ein Ausschlag.

»Du solltest wirklich etwas trinken, sonst klappst du noch zusammen«, sagte Professor. »Ich kann dir einen heißen Tee kochen und wir haben bestimmt auch etwas zu essen übrig.«

Die Frau sah alle Anwesenden nacheinander an.

»Ihr wollt da runter?«, fragte sie mit bebender Stimme.

»Du meinst nach Green Springs?«, fragte Stamps.

»Lasst es bleiben. Geht zurück dahin, wo ihr hergekommen seid.«

»Warum?« Zum ersten Mal ergriff Mona das Wort. »Was ist in Green Springs?«

Die Frau verzog das Gesicht.

»Wenn ihr dort seid, ich meine, ich kann euch ja nicht hindern, wenn ihr glaubt, da durch zu müssen, aber dann seht zu, dass ihr mit niemandem sprecht! Nicht einmal stehen bleiben solltet ihr! Sonst findet euch die dunkle Wolke. In der verschwindet ihr für immer! Und übernachtet bloß nicht in diesem Hostel! Ihr seid sonst nie wieder ihr selbst! Es zieht die Wolke an und ... Ja, ich weiß, alle wollen unbedingt nach Green Springs, weil es dieses verdammte Hostel gibt und so weiter, aber ich sage euch: Dieser Ort ist eine Falle! Ich wäre fast nicht entkommen, sie haben mich ...«

Mit einem Mal beendete sie ihren Redeschwall und schüttelte nur den Kopf. Alle anderen sahen sich ratlos an. Blisters winkte ab und ging zurück ins Shelter. Stamps forderte die Besucherin erneut auf, sich zu setzen, bot ihr eine Decke und etwas zu essen an, was sie abermals ausschlug.

»Bitte lass dir helfen!«, rief Professor ärgerlich. Sie machte Anstalten, der Frau die Decke um die Schulter zu legen, da schlug die Professors Hand weg.

»Bleibt weg von mir!«, kreischte sie. »Was weiß ich denn, ob ihr nicht zu denen da unten gehört!«

Einen Arm hielt sie wie zur Abwehr von sich gestreckt. Sie hatte ihn blutig gekratzt.

»Du bist verletzt«, sagte Mona. »Wir haben Verbandszeug da und sollten ...«

»Niemand rührt mich an!«, sagte die Frau drohend. »Ich verschwinde von hier.«

Damit eilte sie den Pfad hinauf.

Zweimal wandte sie sich noch um, dann war sie hinter der nächsten Wegbiegung verschwunden.

Mona zog es endgültig den Boden unter den Füßen weg.

»Das ist doch alles ein Albtraum!«, rief sie.

»Die Frau war krank«, sagte Stamps. »Wir müssen in Green Springs mit der Polizei sprechen. Hier draußen kann ihr sonstwas passieren.«

»Green Springs«, sagte Mona. »Das ist der Ort, zu dem Caspar unterwegs war.«

Professor machte ein verächtliches Geräusch. »Warum wundert mich das nicht?«

»Du hattest recht damit«, entgegnete Mona, »dass das alles irgendwie mit Caspar zusammenhängt.«

»Du glaubst, die Frau hat ihn und seine Leute gemeint?«

»So viele Hostels wird es in diesem Kaff nicht geben. Irgendwas machen sie dort mit den Menschen und Caspar weiß das. Keine Ahnung, mit welchen Substanzen sie da die Leute vergiften.«

»Das Serene Mountain Inn«, sagte Stamps. »Das ist legendär, jeder will dorthin. Wenn sie« – Stamps wies in die Richtung, in der die Frau verschwunden war – »diese Geschichte nun allerdings überall erzählt, vielleicht bald nicht mehr.«

»Ich muss dorthin«, sagte Mona.

»Warum?«, fragte Professor.

»Wegen Ove. Ich muss einfach wissen, was es mit Caspar und seinen Freunden auf sich hat. Und ob Ove weiß, wem er sich da anschließt.«

»Und dich mit denen anlegen? Was soll das bringen?«

»Davon habe ich nichts gesagt. Ich will einfach dieses Haus mit eigenen Augen sehen. Es steht doch jedem offen, oder nicht?«

»Ich persönlich werde einen großen Bogen darum herum machen.«

»Warum? Nimmst du für bare Münze, was die Frau da geredet hat? Das mit der dunklen Wolke? Sie stand doch offensichtlich unter Drogen. Was mich aber nicht gerade beruhigt, wenn ich an Ove denke. Oder an das, was wir erlebt haben.«

»Ich will diesem Caspar nicht mehr begegnen!«, rief Professor. »Egal, was sie erzählt hat. Ich habe für den Rest meines Lebens genug gesehen. Ich möchte einfach nur in Ruhe diese Wanderung zu Ende bringen, verstehst du?«

Mona schwieg.

»Und für dich wäre es das Beste, du würdest dasselbe tun.«

»Ich bin auch nicht scharf darauf, Caspar zu begegnen. Aber ich muss Ove sehen und mit ihm über das alles sprechen. Ich würde mich sonst ständig fragen, worauf er sich da eingelassen hat. Wenn ich mir vorstelle, dass sich unsere Wege jetzt endgültig so trennen ... Das geht nicht.«

»Ich verstehe dich«, sagte Professor. »Aber ich fürchte, dass es nicht viel bringt, außer noch mehr Ärger. Ove kann selbst entscheiden, was er tut, genau wie du. Du brauchst nicht den Segen einer alten Frau wie mir. Trotzdem wäre mir wohler, wenn wir zusammenblieben.«

»Du kannst mit mir kommen. Ich werde sehr auf der Hut sein. Aber sie werden uns dort schon nicht die Köpfe abreißen. Es ist schließlich ein Gasthaus.«

»Das sagst du so, nach allem, was gestern ...« Sie winkte ab. »Ich will gar nicht darüber reden.«

»Halluzinationen, ganz sicher.«

Beide Frauen packten mürrisch ihre Sachen. Beim Aufbruch sagte Professor: »Wir laufen zusammen ins Tal. Aber ich werde weitergehen zum Campingplatz am Fluss. Tut mir leid, Camera.«

»Schon gut. Ich werde für eine Nacht mit euch campen und dann zum Hostel gehen. Nur kurz nach Ove sehen.«

40

Elementargeister mit dämonischen Kräften«, sagte Caspar. »Solche Geschichten hat man dir in deiner Kindheit sicher nicht erzählt. Sie fahren in den menschlichen Körper hinein und verwandeln ihn. Was sagst du dazu?«

Ove starrte wie Caspar neben ihm in die Dunkelheit. Sie saßen beide in ihren Korbsesseln auf der Veranda und tranken Tee. Was Milton Caspar da erzählt hatte, war doch schlicht unmöglich.

»Kann es nicht sein, dass die ganze Gruppe an Sinnestäuschungen litt?«, fragte Ove. »Vielleicht haben sie zu viel von diesen Tropfen genommen. Man weiß doch, sowas kann schief gehen.«

»Was soll dann bitte aus Vijaya geworden sein? Warum ist er seitdem verschwunden? Außerdem können meine Leute unterscheiden zwischen Trugbildern und der Realität. Sie sind geübt darin.«

Ove zweifelte nicht an dem, was er selbst erlebt hatte. Aber die angebliche Verwandlung von diesem Vijaya? Konnte die wunderbare, geheime Welt, die sich ihm gerade erst zu offenbaren begann, solche Schrecken bereithalten?

Nachdenklich sah Ove Caspar an. Eine weitere Frage drängte sich ihm dabei auf: Wie konnte es sein, dass ein so furchtbares Ereignis Caspar mehr freudig zu erregen als zu erschrecken schien?

Caspar bemerkte Oves Blick nicht, schien seinen eigenen Gedanken nachzuhängen und schaute weiter ins Leere.

Auf dem schmalen Weg, der von der Straße hoch zum Haus führte, bewegte sich plötzlich etwas. Sie hörten Schritte auf den Pflastersteinen. Aus dem dunklen Schemen wurde eine menschliche Gestalt. Der Besucher strahlte Caspar an und kam die Stufen zur Veranda herauf. Er trug halblange, dunkle Haare und eine beige Cowboyjacke. Caspar erhob sich und umarmte den Mann.

»Phil, na endlich.«

Phil erwiderte die Umarmung stumm.

»Was machst du hier? Milton sagte, die Gruppe hätte sich getrennt.«

»Irgendwas sagte mir, dass du endlich angekommen bist.«

Das Strahlen in Phils Gesicht war verschwunden.

»Du weißt also, was mit Vijaya geschehen ist?«, fragte er.

»Ja. Wir sprachen gerade darüber.«

Phil sah nun Ove an.

»Darf ich vorstellen«, sagte Caspar, »das ist Ove, der mich diesmal auf dem Trail begleitet hat. Und das ist Phil, einer meiner ältesten Weggefährten. Auch wir haben uns einst auf dem AT kennengelernt.«

Ove gab Phil die Hand.

»Er ist einer von uns«, sagte Caspar zu Phil. Dann suchte er nach Worten, was Ove von ihm nicht gewohnt war. »Wie ... Wie habt ihr das aufgenommen, was passiert ist?«

»Wie meinst du das?«, fragte Phil.

»Ich befürchte, dass es die Gruppe entmutigt hat und sie daran zu zerbrechen droht. Bitte sag mir, dass das nicht stimmt.«

»Nur teilweise«, sagte Phil mit dunkler Stimme. » Colin redet nicht mehr, zumindest nicht mit uns. Malin trauert sehr um Vijaya. Einige sind abgereist. Wir brauchen uns nicht einzubilden, dass sie bald zurückkommen. Aber ein paar von uns halten weiterhin zusammen. Und jetzt bist du ja hier. Wir richten den Blick in die Zukunft. Komm mit, ich muss dir etwas zeigen.«

Caspar folgte Phil die Stufen der Veranda hinab in die Dunkelheit. Die beiden bildeten ein eigentümliches Paar, der priesterhafte Caspar mit seiner schwarzen Kleidung und dem langen Haar neben Phil, der mit Lederstiefeln und fransiger Jacke aussah, als wäre er dem Set eines Wildwest-Films entlaufen.

»Kann ich mitkommen?«, fragte Ove.

Phil drehte sich um, Caspar nickte.

»In Ordnung«, sagte Phil.

»Milton weiß nichts davon«, murmelte Phil, als sie kurz darauf die verlassene Hauptstraße im Dorf Richtung French Broad River entlangliefen.

»Wovon?«, fragte Caspar.

»Von dem, was ich dir ... euch ... gleich zeigen werde.«

»Warum weiß er nichts davon?«

»Er hat darauf gedrängt, dass die Gruppe sich trennt. Er hat zu viele Bedenken und macht sich Sorgen um den Ruf seines Gasthauses. Ich war dagegen, weil es uns nur wertvolle Zeit kostet. Und ich hatte recht.«

Phils Stimme bebte.

Nach dem, was Ove zuletzt von Caspar gehört hatte, war er nicht sicher, ob er wissen wollte, was Phil mit ihnen vorhatte. Aber noch weniger wollte er unwissend zurückbleiben.

»Eines Abends«, fuhr Phil fort, »wurde ich von ihnen gerufen, deutlich wie noch nie. Ich war schon eingeschlafen, da hörte ich ihre Stimmen! Sie bettelten geradezu, ich sollte zum Fluss kommen. Also ging ich. Dass es mir nicht ganz geheuer war, sahen sie mir wohl an. Sie versicherten mir, dass mir nichts geschehen würde. Ich wurde über die Brücke ans andere Ufer geführt, fast drängten sie mich hinüber. Drüben sah ich, dass ich nicht der einzige war, den sie auserwählt hatten.«

Sie überquerten die Brücke über den French Broad River, der im Mondlicht silbrig glänzte. Auf der anderen Seite war Green Springs zu Ende. Ein bewaldeter Berghang ragte schwarz in die Nacht auf.

»Wozu auserwählt?«

Caspars Stimme hatte einen scharfen Unterton.

»Es gibt einen Pfad auf der anderen Seite, unterhalb des Steilhangs«, lautete Phils Antwort. Sein Blick dabei erinnerte Ove an einen kleinen Jungen, der sein neustes Spielzeug vorführen will.

Direkt hinter der Brücke bog Phil zum Flussufer hin ab. Er nahm eine Taschenlampe aus der Innenseite seiner Jacke und beleuchtete den Pfad. Einige Minuten folgten sie Phil, bis der auf einen Felsen an der Hangseite des Weges kletterte.

»Wir müssen hier hinauf. Es ist sehr versteckt. Wartet bitte kurz.«

Phil erklomm den Berghang, dann leuchtete er nach unten.

»Ihr könnt raufkommen.«

An Ästen und Felsen zogen sie sich hoch und schlossen zu ihm auf. In einigen Metern Höhe gelangten sie zum Eingang einer Höhle.

Ove bekam eine Gänsehaut.

Caspar betrat die Höhle ohne Zögern, wobei er nur ein wenig den Kopf einzuziehen brauchte.

Oves blieb stehen, wo er war.

»Muss das jetzt sein, mitten in der Nacht? Können wir nicht morgen wiederkommen?«

»Morgen kann es zu spät sein«, sagte Phil.

Am Whispering Rock hatte Ove Caspar vertraut und es nicht bereut. Sein Begleiter schien auch jetzt nicht im Geringsten mit einer Gefahr zu rechnen. Doch wie sollte er sich verhalten? Dass Caspar eine besondere Begabung hatte, stand außer Frage, und Ove beneidete ihn darum. Auch dass er gern bewundert wurde und ein Anführer sein wollte, war nichts Verwerfliches. Aber was bedeuteten ihm Menschen überhaupt? War ihm das Wohlergehen von Freunden etwa nicht mehr wert als das jeder beliebigen Kreatur?

Trotz all dieser Fragen: Ove musste noch einmal sehen, was Caspar sah. Fühlen, was er fühlte. Also folgte er ihm.

In der Höhle war es warm und roch modrig. Hinter dem Eingang wurde sie allmählich breiter, so dass sie alle drei nebeneinanderstehen konnten. Phil blieb jedoch etwas zurück und beleuchtete die dunkle Erde und Baumwurzeln auf dem Boden. Vor einigen dicken Wurzeln in der Rückwand der Höhle fiel der Boden in eine mehrere Meter breite Senke ab. Phil leuchtete hinein.

Ove verstand nicht sofort, was er sah.

Überall in der großen Mulde wucherten orangefarbene Pilze. Hunderte oder tausende davon, mit Stielen dünn wie Fäden und schirmförmigen Hüten, manche handtellergroß, manche winzig wie Cent-Münzen. Die meisten waren nur wenige Zentimeter hoch, aber an manchen Stellen sprossen sie höher, als würden sie um die Wette wachsen.

Doch da waren nicht nur die Pilze. Sie bedeckten etwas.

Kleidung. Einen Schuh. Und am Rand der Mulde, gelblich, aber blasser als die Pilze ...

Nein, bitte nicht.

Eine Hand.

Das Licht der Taschenlampe wanderte ein Stück nach rechts, Caspar beugte sich vor. Widerwillig folgte Ove ihm.

Dort, unter den wuchernden Pilzen, kam ein menschliches Gesicht zum Vorschein, auch wenn es kaum mehr als solches zu erkennen war. Die Pilze wuchsen direkt auf der Haut der Leiche. Die Lippen waren bleich und leicht geöffnet, die Augen dunkle Löcher, aus denen ebenfalls Pilze sprossen.

»Mein Gott«, flüsterte er.

»Wer ist das?«, fragte Caspar.

»Niemand von uns«, sagte Phil. »Ein junger Hiker.«

»Wer hat ...«, stieß Ove hervor, »... ich meine, wie ist er gestorben? Warst du etwa dabei?«

»Ich hatte nichts damit zu tun!«, zischte Phil.

»Es waren die Geister, willst du das sagen?«

»Natürlich waren sie das!«, sagte Caspar. »Wie habt ihr ihn vorgefunden?«

»Er lag schon leblos auf dem Boden, als ich mit den anderen hergeführt wurde. Die Unsichtbaren müssen ihn hier hineingelockt haben und ...« Phil machte eine Geste in Richtung der überwucherten Leiche. »Ich weiß nicht, wie er gestorben ist. Womöglich erstickt. Sein Körper war unverletzt.«

»Warum er?«, fragte Ove. »Haben sie das ... erklärt?«

Caspar schüttelte den Kopf. »Das müssen sie nicht mehr. Es trifft die, die es verdienen. Für solche wie ihn gibt es sowieso keinen anderen Weg, als in eine andere Form der Existenz überzugehen.«

»Dieser Mann hier ist nicht tot?«, fragte Ove. »Ist es das, was du sagen willst?«

»Was für eine dumme Frage ist das?«, entgegnete Phil. »Du hast eine leblose Hülle vor dir. Aber willst du mir erzählen, dass du noch nie etwas von Seelen gehört hast?«

»Du siehst doch: Er verwest nicht«, sagte Caspar.

»Was?«, fragte Ove. »Aber da wachsen doch …«

»Riechst du vielleicht etwas?«, fragte Caspar. »Es riecht wie in einem alten Gewächshaus, aber nicht, als läge hier seit Tagen ein Toter.«

»Und was bedeutet das?«, fragte Ove.

»Es ist kein Tod, wie die Menschen ihn kennen«, sagte Caspar, »sondern eine Daseinsveränderung. Es sind zu viele Verschmutzer und Zerstörer da draußen. Sie werden von den Elementargeistern nicht länger geduldet. Also holen sie sie zu sich. In unseren Ritualen haben wir die Geister dazu ermutigt. Jetzt geschieht es.«

Ove schwirrte der Kopf. Ließ die beiden das alles völlig kalt? Caspar schien nicht einmal erschrocken, obwohl auch er die Höhle soeben zum ersten Mal betreten hatte.

Ja, es gab die unsichtbaren Kräfte überall um sie herum, in diesen Bergen sicher besonders viele davon. Warum sollten sie nicht auf bizarre Weise Menschen töten können, wenn diese ihnen im Weg waren?

Doch sie wussten beinahe nichts über diese Wesen. Wie konnten Caspar und Phil sich so verdammt sicher fühlen?

»Ich muss hier raus«, sagte Ove und machte kehrt.

Als er vor der Höhle innehielt, um sich im Dunkeln zu orientieren, hörte er Phil leise zu Caspar sagen: »Pass auf ihn auf. Er darf nicht zum Problem für uns werden!«

»Ove, warte!«, rief Caspar ihm nach. »Wir gehen zusammen hier weg.« Bei Ove angekommen sagte er: »Du musst dir keine Sorgen machen. Du bist bei uns auf der richtigen Seite. *Uns* brauchen sie!«

»Ach ja?«, fragte Ove. »Und was ist mit eurem Freund Vijaya?«

41

Elisabeths Tagebuch

2. Mai 2018, Green Springs Campground

Camera hat ihre Sachen gepackt und ist Richtung Serene Mountain Inn aufgebrochen. Sofort fühlt es sich falsch für mich an, dass sie nicht da ist. Was das genau bedeutet, weiß ich nicht und allein das sagt schon genug.

Ja, ich wünsche mir, dass wir den Rest des Weges zusammen gehen, dass wir gemeinsam nicht aufgeben. Hätte ich sie deswegen begleiten müssen? Muss ich ständig auf sie aufpassen, weil wir Wanderfreundschaft geschlossen haben? Was ist mit der Aufgabe, die ich mir gesetzt hatte, mich nicht immer für alle verantwortlich zu fühlen?

Dieser müde Kopf weiß keine Antworten auf diese Fragen.

Doch, weiß er, findet Harry.

Geh doch endlich deinen Weg, sagt er. Wenn es so sein soll, wird er Camera und dich noch einmal zusammenbringen.

42

Du musst dir keine Sorgen machen«, hatte Caspar zu Ove bei ihrer Rückkehr ins Hostel noch einmal gesagt, aber nicht erklärt, was er damit genau meinte. Ove fragte nicht nach. Er war todmüde und wollte trotz allem die Chance nutzen, eine Nacht in einem richtigen Bett schlafen zu können. Am nächsten Tag würde er das Serene Mountain Inn verlassen und den Trail fortsetzen – ohne Caspar. Die Entdeckung in der Höhle wollte er nur vergessen und nichts mehr damit zu tun haben.

Doch sein Schlaf war kurz und unruhig. Im Traum kehrte er in die Höhle zurück und fand den Ausgang nicht mehr, suchte in Panik, bis er hochschreckte und zunächst nicht wusste, wo er sich befand. Erst als er ins Bad ging und sich überzeugte, dass nichts auf seiner Haut zu wachsen begonnen hatte, kam er wieder zur Ruhe.

Am Morgen gelang es Ove endlich, etwas Schlaf nachzuholen. Als er gegen halb zehn erneut wach wurde, hatte Caspar das Zimmer verlassen. Unten ließ Milton es sich nicht nehmen, Ove auf das versäumte gemeinsame Frühstück hinzuweisen. Gönnerhaft stellte der Hausherr ihm trotzdem etwas Brot und eine Schale mit Grits hin, einem Brei aus Maisgrieß. Er hatte ihn scharf gewürzt, weswegen Ove die Pampe zum Frühstück nur schlecht herunterbekam.

Danach packte er seine Sachen und bedankte sich knapp bei Milton. Nach Caspar fragte er nicht und Milton erwähnte ihn auch nicht.

Im dunklen Flur zurrte Ove seinen Rucksack fest. Trotzdem fiel eine Last von ihm ab; er ließ Caspar hinter sich und damit hoffentlich auch die Bilder der letzten Nacht. Endlich würde er einfach nur noch wandern können.

Der Flur verdunkelte sich, als jemand durch die Haustür hereintrat.

Im Gegenlicht zeichnete sich eine große, schlanke Gestalt mit einer rundlichen Frisur ab.

»Da bist du ja«, sagte die Gestalt. »Bin ich froh, dass du der erste bist, den ich hier treffe!«

»Was machst du denn hier?«

Camera lächelte und zuckte mit den Schultern.

»Sehen, was es mit diesem Hostel auf sich hat. Ein beeindruckendes Haus, muss ich schon sagen.«

Ove traute seinen Augen nicht. Er wollte jetzt nichts anderes mehr als mit Camera zusammen sein – aber nicht an diesem Ort.

»Hier gibt es aber nichts Aufregendes zu sehen. Ich wollte gerade aufbrechen. Komm mit, ich würde mich freuen. Du hast mir gefehlt.«

Welch offenes Bekenntnis aus seinem eigenen Mund! Vielleicht hatte diese Reise bei allem, was ihm Angst machte, auch etwas Positives mit sich gebracht.

»Was, du willst schon gehen? Ich dachte, Caspar und du, ihr würdet euch sicher länger hier aufhalten. Wo ist er denn?«

»Das weiß ich nicht. Lass uns einfach abhauen, okay?«

Nun sah Camera ihn ernst an.

»Was ist passiert?«

»Ich möchte jetzt nicht ...«

»Komm schon. Ich habe selbst genug gesehen. Du kannst es mir erzählen.«

Ove trat näher zu ihr und flüsterte: »Sie sind gefährlich. Caspar, sein Freund Phil, wahrscheinlich auch Milton, der Besitzer dieses Hauses. Sie ... Es kümmert sie nicht, dass Menschen sterben, und ich weiß nicht, wozu sie noch fähig sind. Wir sollten jetzt wirklich gehen.«

Camera sah ihn groß an.

»Aber was hast du *gesehen*?«

»Nicht hier! Komm jetzt.«

Er nahm Cameras Hand.

»Was macht *sie* denn hier?« Caspar hatte sich im Türrahmen aufgebaut.

Ove fluchte innerlich.

»Was *ihr* hier anstellt, das ist wohl die bessere Frage«, sagte Camera.

»Was soll das heißen?«, fragte Caspar.

»Los, Camera«, sagte Ove. »Wir verschwinden hier. Keine Sorge, Caspar. Du bist uns jetzt los.«

»Moment mal. Wovon redet sie da? Was hast du ihr erzählt?«

Caspars Blick durchbohrte Ove.

»Er brauchte mir nichts zu erzählen«, sagte Camera. »Ich weiß auch so, dass man dir nicht trauen sollte.«

Hinter Caspar tauchte Milton auf.

»Was ist hier los?«

An Camera gewandt fragte er: »Wer sind Sie und was stänkern Sie in meinem Haus herum?«

»Ich bin bloß neugierig, was hier so läuft. Seit wir diesen Typ hier auf dem Trail getroffen haben, sind einige seltsame Dinge passiert, die alle irgendwie mit diesem Haus zu tun haben. Wir wurden sogar davor gewarnt, hierherzukommen!«

»Und?«, fragte Caspar. »Du glaubst alles, was dir irgendwelche Spinner erzählen, oder? Wundert mich nicht.«

»Erklär es mir, Caspar! Vielleicht kann ich es dann in einem meiner Biologiekurse meiner Dozentin erklären. Was bewirkt es deiner Meinung nach, Runen an Baumstämme zu malen? Wie kann es sein, dass sich Pflanzen vor meinen Augen zu Gesichtern verformen? Dieses Haus sollte durchsucht werden nach dem Zeug, dass ihr hier unter die Leute bringt, was immer es ist.«

Caspar grinste schief.

»Du hast also noch nie von Elementargeistern gehört? Das bringen sie euch an der Uni wohl nicht bei?«

Camera starrte Caspar ein paar Sekunden lang an. »Wenn du so sehr an diese *Geister* glaubst, dann erklär mir doch bitte, warum sie es deiner Meinung nach auf Professor und mich abgesehen hatten.«

»Woher soll ich das wissen?«

»Junge Frau«, ging Milton dazwischen. »Ich weiß nicht, wer Sie sind, aber ich dulde es nicht, dass meine Stammgäste von Fremden belästigt werden. Verlassen Sie auf der Stelle mein Haus!«

Camera ignorierte Milton und sagte zu Caspar: »Ich bin nicht die Einzige, die dir nicht über den Weg traut.«

Sie sah Ove an. Der wollte nicht mehr diskutieren, nur das Weite suchen.

»Was hast du ihr erzählt?«, fragte Caspar Ove erneut.

»Nichts«, sagte Ove, nahm Cameras Hand und machte einen Schritt Richtung Ausgang.

»Milton, schließ die Tür ab«, sagte Caspar.

Ove traute seinen Ohren nicht.

»Die beiden dürfen nicht gehen, bevor wir nicht ein paar Dinge geklärt haben.«

»Caspar«, sagte Milton. »Ich denke nicht, dass ...«

Camera unterbrach ihn.

»Du bist ja nicht mehr zu retten«, schrie sie Caspar an und zog nun ihrerseits Ove zur Tür.

Caspar hielt Ove an der Schulter.

»Die spaziert hier rein und macht Ärger und du bist sofort auf ihrer Seite? Was für ein Freund bist du eigentlich?«

Ove sah Caspar fest in die Augen. »Nach dem, was ich gestern gesehen habe, möchte ich nichts mehr mit euch zu tun haben. Ich will es einfach vergessen! Und jetzt lass mich los.«

»Wovon redet er, Caspar?«, fragte Milton. »Bei allem, woran wir glauben: Ich werde nicht einfach Menschen hier einsperren. Erklär mir, was passiert ist.«

Caspar ließ Ove nicht los.

»Hast du nicht verstanden, um was es geht?«, herrschte er ihn an. »Glaubst du etwa, du kannst einfach nach Hause gehen und dein jämmerliches, beschauliches Leben weiterleben?«

Ove versuchte, sich aus Caspars festem Griff zu winden. In Panik drehte er sich um und wollte Caspar einen Fausthieb verpassen, doch der packte seinen Arm.

»Lass ihn endlich los!«, rief Camera und machte zwei Schritte auf Caspar zu. Doch Milton trat zwischen sie. Da hörten sie Schritte auf der Treppe.

»Was geht denn hier ab?«, rief Eagle. »Gibt's Ärger, Milton?«

Caspar raunte Ove ins Ohr: »Wundert euch nicht, wenn ihr euch da draußen bald wünscht, ihr wärt hier geblieben.«

43

Elisabeth schleppte sich den Pfad zum Lover's Leap hinauf, einem Felsen hoch über dem Tal von Green Springs. Ihre Beine waren schwer, als würde sie zum ersten Mal überhaupt wandern. Ihre 56 Jahre, an die sie sonst selten dachte, kamen ihr heute wie zusätzliches Gepäck auf dem Rücken vor. Noch dazu war es warm und stickig im Wald. Wie sollte sie die langen Etappen in den Bergen erst im bevorstehenden Hochsommer überleben?

Stamps war ihr ein beträchtliches Stück voraus, nur Gertrud legte mühelos zusätzliche Kilometer zurück, indem sie immer wieder zwischen ihrem Herrchen und Elisabeth hin und her rannte.

Oben am Lover's Leap warteten die beiden schließlich auf sie. Stamps aß ein Thunfisch-Sandwich, das er sich am Morgen im kleinen Shop in Green Springs gekauft hatte.

»Alles in Ordnung bei dir?«, fragte er.

»Es geht so. Heute bin ich nicht in Form.«

»Den Eindruck habe ich schon länger.«

Elisabeth sah Stamps verblüfft an.

»Entschuldige. Ich meinte, dass dich etwas zu quälen scheint seit diesem seltsamen Tag am Mount Guyot.«

»Tja«, sagte Elisabeth.

»Was war denn bloß los? Willst du immer noch nicht darüber reden?«

Elisabeth war dankbar für diese ausgestreckte Hand. Immer war sie so auf Camera fixiert gewesen, dass sie kaum beachtet hatte, was für gute, verlässliche Gefährten Stamps und seine Hündin waren.

Also erzählte sie.

Stamps hörte von den lebendigen Ranken, von der viel zu früh einsetzenden Nacht und dem Irrlicht. Elisabeth beteuerte immer wieder, dass ihr klar war, wie verrückt all das klänge, aber dass es das sei, was sie erlebt hatte.

Stamps hörte aufmerksam zu. Als Elisabeth aufgehört hatte zu sprechen, sagte er: »Denk bitte nicht, dass ich dir nicht glaube.«

Elisabeth lächelte matt.

»Ich habe doch erlebt, wie mitgenommen du warst. Camera ebenso. Hat das etwas mit dem zu tun, was die verwirrte Frau am Shelter gestern Morgen geredet hat?«

»Auch, ja. Es hat mit diesem Ort zu tun. Und mit Caspar. Camera und ich sind uns sicher, dass all dieser *Spuk* mit ihm zusammenhängt. Nur nicht, wie genau das möglich ist. Sicher ist es nicht er allein. Er hat ja immerzu von seiner Gemeinschaft gesprochen. Einem wie Caspar fällt es leicht, Menschen einzuwickeln. Das konnte man an Ove sehen.«

»Das ist tapfer von dir, den Trail nach diesen Erlebnissen fortzusetzen«, sagte Stamps nach einer Weile. »Wir können jedenfalls froh sein, diesen Caspar los zu sein, was auch immer es mit all dem auf sich hat.«

»Allerdings.«

»Aber du machst dir Sorgen um Camera, nicht wahr?«

»Natürlich. Ich war ehrlich gesagt davon ausgegangen, dass wir den Trail gemeinsam weitergehen – gerade, weil wir beide diese schlimmen Erfahrungen gemacht haben. Seit unserem Aufbruch heute früh habe ich das Gefühl, sie im Stich gelassen zu haben.«

Elisabeth streichelte Gertruds Kopf. Die rosafarbene Zunge hing der Hündin aus dem Maul und Speichel tropfte auf Elisabeths Schuh.

»Dann geh zurück«, sagte Stamps. »Es bringt doch nichts, dass du dir den ganzen weiteren Weg darüber den Kopf zerbrichst. Geh zurück und sieh nach ihr. Frag sie, ob sie sich dir wieder anschließen möchte.«

Als Stamps dies aussprach, wusste Elisabeth, dass sie genau das tun würde. Trotzdem erwiderte sie: »Aber dann lasse ich *dich* hängen. Entschuldige, *euch*.«

Sie kraulte Gertruds Rücken.

Stamps lachte. »Wir kommen schon zurecht, wir sind ja zu zweit. Vielleicht holt ihr uns wieder ein. Auf dem AT begegnet man sich doch ständig.«

Elisabeth umarmte Stamps und bedankte sich.

Er stapfte davon und Gertrud folgte ihm. Elisabeth sah ihnen nach. Dabei wurde ihr klar, dass sie weder so einfach mit Camera den Weg fortsetzen konnte noch Stamps und seine Hündin wiedersehen würde – und dass sie nicht einmal Stamps' richtigen Namen kannte.

ᛏ ᚠ ᛉ

Auf den ersten Kilometern ihres Rückwegs führte Elisabeth ein Zwiegespräch mit Harry. Ihr verstorbener Freund säte Zweifel, wollte wissen, warum sie sich nicht mal von einem Schlamassel fernhalten konnte. Ove lief Caspar hinterher, dann Camera Ove und jetzt sie Camera? Was für ein Schulhoftheater war das eigentlich?

»Weil ich Camera sehr mag, okay?«, sagte Elisabeth laut. »Ist das Grund genug?«

Harry blieb stumm, was Elisabeth Genugtuung verschaffte.

Vorsichtig bewältigte sie einen steilen Abschnitt, indem sie ihn mehr hinabrutschte als -lief, da hörte sie ein dumpfes Grollen.

Ein Gewitter? Das hatte noch gefehlt.

Ungetrübt blau war das kleine Stück Himmel zwischen den Baumkronen. Doch wie zum Widerspruch donnerte es erneut, diesmal näher. Der Ursprung aber schien nicht in der Atmosphäre zu liegen; das Geräusch kam aus dem Wald.

Elisabeth stieg weiter bergab. Nach drei Schritten begann der Boden unter ihr zu zittern.

Ein Erdbeben? Hier?

Vielleicht alte Kohlebergwerke. Verwaiste Stollen, die einstürzen konnten. Gab es so etwas in dieser Gegend?

Das musste es sein.

Vorsichtig lief sie weiter. Für einige Sekunden blieb alles still und friedlich, doch als sie ihren Schritt beschleunigte, schwoll das Donnern aus der Tiefe an, als würden die gesamten Appalachen zornig zum Leben erwachen.

Bitte nicht!

Bis zurück ins Tal waren es mindestens fünf Kilometer. Schon wieder war sie allein, während um sie herum das Chaos ausbrach.

Ein Ruck ging durch den Berg und brachte Elisabeth ins Straucheln. Sie fing sich, klammerte sich an einem Baumstamm fest, doch ein erneutes Beben ließ sie auf die Knie fallen. Ihr lädiertes Gelenk schickte einen stechenden Schmerz durch ihr gesamtes Bein, dass sie aufschrie.

Der Fels unter ihren Händen vibrierte.

Die folgende Erschütterung warf sie auf die Seite. Es krachte ohrenbetäubend.

Wenige Meter vor Elisabeth, quer über den Pfad, hatte sich ein gezackter Riss in der Erde aufgetan.

Der Berg brach auseinander! Und sie war auf der falschen Seite dieses Spalts, auf dem Teil des Felsens, der bald ins Tal krachen würde.

Elisabeth rannte auf den Spalt zu. Er wurde immer breiter.

Einige Bäume gerieten ins Wanken. Gesteinsbrocken lösten sich und polterten den Hang hinunter. Der Berg dröhnte und zitterte.

Einen halben Meter breit klaffte der Erdspalt vor ihr. Schon begann der Boden unter ihr zu kippen.

Mit aller Kraft stieß sie sich vom steinigen Untergrund ab. Die andere Seite der Erdspalte erreichte sie, kam jedoch mit dem linken Fuß auf. Wimmernd blieb sie am Wegesrand sitzen.

Das Erdbeben war vorbei, im Wald herrschte Stille. Nicht einmal Rufe anderer Hiker waren zu hören. Wo waren die alle?

Noch immer zog sich die Kluft quer über den Trail, doch sie wuchs nicht mehr. Elisabeth stand mühselig auf.

Der Spalt war einige Meter tief und sah aus, als wäre er schon immer dort gewesen, voller welker Fichtennadeln, Laub und Geröll.

Verwirrt wandte Elisabeth sich ab und humpelte weiter in Richtung Green Springs.

Wenige Minuten später kamen ihr zwei junge Wanderer entgegen. Sie waren in ein Gespräch vertieft und grüßten gut gelaunt.

Welchen Wahnsinn hielten diese Berge noch für sie bereit?

44

So nah hatte Caspar sich den Unsichtbaren lange nicht mehr gefühlt. Es musste die Verbindung aus seiner Gabe und diesem Ort sein. Er eröffnete ihm einen ähnlichen Zugang, wie es das Schloss seiner Familie über so viele Jahre getan hatte.

Im Serene Mountain Inn waren sie so präsent wie seit seiner Kindheit nicht. Sie arbeiteten wieder zusammen. Keine bewusstseinserweiternden Gifte, keine aufwändigen Rituale waren dafür mehr nötig. Er brauchte bloß im Garten des alten Hauses zwischen den Ahornbäumen zu stehen und zuzuhören. Die Schatten derer, die manche als Sylphen, andere als Luftgeister bezeichneten, strichen um die Stämme und rauschten durch das dichte Blattwerk.

Dass er ausgerechnet Ove verloren hatte, empfanden sie als genauso großen Verrat wie er selbst.

Einige Erdgeister aus den umliegenden Bergen, die sich als Caspars Verbündete betrachteten, waren trotzdem weiter der Frau gefolgt, die sich Professor nannte. Als sie die Richtung gewechselt und sich Green Springs wieder genähert hatte, waren sie eingeschritten.

»Ist sie tot?«, fragte Caspar.

»Nein, aber wir haben ihr große Angst eingejagt.«

»Das ist gut. Aber nun vergesst sie. Sie ist keine Bedrohung. Sie weiß nichts.«

»Manche von uns haben Gefallen daran gefunden, mit ihr zu spielen. Gerade jetzt, wo sie bereits ahnt, dass es uns gibt. Sie werden ihr weiter folgen.«

»In Ordnung. Aber kümmert euch lieber um die beiden jungen Menschen, die heute Miltons Haus gemeinsam verlassen haben. *Sie* wissen mehr. Ove war Teil unseres Bündnisses, doch nun hat er sich gegen uns gewandt. Das ist unverzeihlich! Daran ist die Frau schuld, die bei ihm ist.«

»Wir können sie zur Rückkehr zwingen.«

»Hier können wir sie nicht mehr gebrauchen.«

»Was soll dann mit ihnen geschehen?«

»Mit ihrem Wissen sind sie eine Gefahr für das Serene Mountain Inn und für unser gesamtes Bündnis. Bringt sie zum Schweigen.«

45

Die Dorfstraße von Green Springs lag verlassen da. Bibliothek, Post, Supermarkt und Diner standen still in der Mittagssonne herum. Wohl erst gegen Abend würden sich neu eingetroffene Wandernde dort versorgen.

Mona und Ove beeilten sich, vom Hostel wegzukommen. Sie wollten der Straße nach Asheville folgen, das man immerhin als Stadt bezeichnen konnte. Nur endlich heraus aus dem Wald und den Bergen, zurück zu etwas Normalität.

Keine 50 Meter trennten die beiden von der Brücke über den French Broad River, die der Ausweg aus diesem unsäglichen Kaff war. Da drang mit einem Mal ein Rauschen und Pfeifen aus dem Wald zu ihnen.

»Was ist das?«, fragte Ove.

»Klingt wie ein Sturm«, sagte Mona.

»Aber es ist windstill.«

Wie zur Antwort gerieten die Baumwipfel auf dem Berghang auf der anderen Flussseite derartig in Aufruhr, dass die Äste krachten. Dabei blieb der Himmel strahlend blau.

»Es kommt auf uns zu«, sagte Ove.

»Ein Wirbelsturm?«, fragte Mona. »Aber dann wäre doch ...«

Ihr blieben die Worte weg, als es den Fuß des Berges erreichte. Wie eine sich schnell drehende Wolke wirbelte etwas durch den Wald. Ein Tornado, dem Berg selbst entstiegen, fegte ihnen entgegen. Höher als die Baumkronen, höher als jedes Gebäude in der Umgebung. Auf seinem zerstörerischen Weg riss er Teile von Bäumen, Erde und Kies mit sich.

Mona und Ove rannten zurück zum nächstgelegenen Haus. Hinter der steinernen Grundstücksmauer der Bücherei kauerten sie nieder.

»Das sind die Geister der Berge«, sagte Ove. »Sie glauben, dass wir ihre Feinde sind.«

»Ist das dein verdammter Ernst?«, fragte Mona.

Doch dann sah sie genauer hin. Und tatsächlich, so sehr sich ihr Verstand auch dagegen sträubte – der Strudel war nichts als ein Haufen wirrer, diffuser Schatten, die so schnell umeinanderkreisten, dass man die einzelnen Schemen kaum wahrnahm. Hunderte, tausende von Schatten! Ein Schwarm von dunklen Gestalten, der den Tag zur Nacht machen konnte. Im Brausen des Wirbelsturms glaubte Mona, ihr Gebrüll auszumachen.

Seit dem Mount Guyot hatten sie sie begleitet, vielleicht schon seit den ersten Schritten auf dem Trail. Und solange sie sich hier aufhielten, würden die Geister sie nicht in Ruhe lassen.

Die kreisende Wolke hatte sich bis auf die Brücke vorgeschoben. Dort verharrte sie. Weit und breit war niemand auf der Straße. Dieser Höllenlärm musste doch überall bis in die Häuser hinein zu hören sein!

»Wir müssen weiter«, rief Ove ihr zu. »Uns irgendwo verstecken!«

»Aber es kommt nicht näher, siehst du das? Es versperrt den Weg über die Brücke!«

Hinter ihnen näherte sich langsam ein Pick-up aus einer Seitenstraße. In dem Moment, als er auf die Hauptstraße

Richtung Brücke bog, verebbte der Lärm. Der Tornado hinterließ nichts als einen feinen Schleier aus Staub in der Luft.

Der Pick-up beschleunigte und fuhr auf die Brücke zu.

Mona und Ove sahen sich an und rannten los.

»Hey!«, rief Mona. »Warten Sie!«

Kurz vor der Brücke fuhr der Wagen an die Seite und hielt an.

Ove und sie trugen ihre Rucksäcke; so sahen sie wie ganz normale Wanderer aus, wie sie in diesen Bergen ständig trampten.

»Springt rauf!«, rief der Fahrer durch sein offenes Fenster.

Sie überquerten die Brücke. Nichts Ungewöhnliches geschah. Auf der anderen Seite fuhren sie bergauf und sahen die Häuser von Green Springs hinter sich langsam kleiner werden.

46

Elisabeth betrat das Serene Mountain Inn durch die Vordertür. Drinnen war es um einiges kühler und vollkommen still. Im dunklen Flur sah sie die vergilbte Tapete und den Staub auf der Kommode. Das Hostel strahlte nichts von der Gastfreundschaft aus, die man ihm nachsagte. Es fühlte sich an, als könne das Haus ungebetene Gäste von selbst erkennen und wieder vertreiben.

Auf der linken Seite lag der Durchgang zur Küche, dort hing die Gästeliste an der Wand. Potbag stand darauf, aber sein Name war durchgestrichen worden. Camera war nicht dabei.

Hatte sie die beiden verpasst? Dann wären sie ihr auf dem Trail sicher entgegengekommen. Waren sie zum Campingplatz am Fluss gegangen, um sie zu suchen? Es war eine Schnapsidee gewesen, das Hostel zu betreten. Sowieso würden sie sich bald wieder treffen.

Durch die enorme Küche lief Elisabeth zum Hinterausgang und beachtete kaum all die Utensilien, mit denen der Raum vollgestopft war, ebenso wenig den muffigen Geruch nach gekochtem Gemüse.

Von draußen hörte sie eine Männerstimme. Die Tür quietschte laut, als Elisabeth sie nach außen drückte. Dahinter blendete sie die Sonne. Eine Hitze schlug ihr entgegen, wie sie sie in den Wochen auf dem AT bisher nicht erlebt hatte.

Auf der Veranda reihten sich Wanderstiefel aneinander, daneben aalten sich zwei strubbelige Katzen in der Sonne. Eine dritte drückte sich an Elisabeth vorbei ins Haus. Diese stellte ihren Rucksack auf der Veranda ab.

Weiter unten im Garten unterhielten sich zwei Männer. Sie erkannte Caspar von hinten an den langen Haaren und seinem schwarzen Jackett. Sein Gesprächspartner trug eine sandfarbene Kluft, die Elisabeth an Karl-May-Filme aus ihrer Jugend erinnerte. Als die beiden hörten, dass sich jemand näherte, drehten sie sich um.

»Professor«, sagte Caspar, ohne zu lächeln. »Hat es dich also doch hierher verschlagen.«

»Guten Tag«, sagte Elisabeth in lockerem Ton.

Caspar stellte sein männliches Gegenüber nicht vor, sagte stattdessen: »Milton, der Hausherr, ist im Moment nicht da.

Du wirst später wiederkommen müssen, um ihn zu fragen, ob du bleiben kannst.«

Er wandte sich ab, der andere tat es ihm gleich.

Du arroganter Fatzke, dachte Elisabeth.

»Das muss ich nicht«, sagte sie. »Ich suche nur Camera. Sie wollte sich mit Ove treffen. Ist sie hier?«

»Was weiß ich?«, sagte Caspar, ohne sich umzudrehen. »Die beiden interessieren mich nicht.«

»Ich dachte, Ove und du, ihr wärt treue Gefährten geworden?«

»Was kümmert dich das?«

»Entschuldige. Ich hatte kurz vergessen, dass manche Menschen unter deinem Niveau sind und dir keine persönlichen Fragen stellen dürfen. Das ist genau der Spirit, den man als Wanderer braucht! Sind hier in diesem Haus alle so?«

»Suchst du wirklich nach deiner Freundin oder willst du bloß herumzanken?«

»Wer ist sie?«, fragte der Cowboy, doch Caspar ging darauf nicht ein.

Musste sie sich das antun? Warum ging sie nicht einfach?

Es war nicht nur wegen Camera. Da war auch dieser Teil von ihr, der neugierig darauf war, was Menschen antrieb. Wofür sie brannten.

Sie trat nah vor Caspar, so dass er ihrem Blick kaum ausweichen konnte.

»Weißt du, auf dem Trail wird viel über diesen Ort hier gesprochen«, sagte sie mit ruhiger Stimme. »Nicht nur, weil es ein tolles Haus ist und Milton angeblich so herrliche Mahlzeiten zubereitet. Es heißt, es sei ein spiritueller Ort, an dem sich besondere Menschen zusammenfinden. Könnt ihr mir mehr darüber sagen? Ich bin vielleicht schon alt, aber das heißt nicht, dass ich nicht noch immer gerne dazulerne.«

Caspar schien nachzudenken. Dann lächelte er schief.

»Also gut, Professor. Jemand mit einem solchen Trailnamen sollte diesen Ort nicht unwissend wieder verlassen. Du hast sicher schon gehört, dass manche Menschen an unsichtbare Kräfte in der Natur glauben? Manche nennen sie Geister.«

»Caspar, ich glaube nicht, dass ...«, begann der Cowboy.

»Lass nur, sie hat ja so interessiert gefragt. Erzählen wir es ihr. Wer könnte willkommener sein in unserer Runde als eine Gelehrte? Also, Professor, du hast von Naturgeistern gehört?«

»Ja.«

»Gut. Du wirst mir zustimmen, dass die Menschen seit langer Zeit nicht mehr das allerbeste Verhältnis zur Natur haben.«

»Sicher.«

»Sie haben sich von ihr entfremdet, obwohl sie Teil von ihr sind und sie ihre Lebensgrundlage ist. Sie ist ihnen egal oder sogar im Weg. Sie verehren nicht *ihre* Schönheit und Macht, sondern belanglose Dinge, die sie selbst erschaffen haben, weshalb sie sich für unglaublich schlau halten. Zu erkennen, dass sie ihre eigene Existenzgrundlage zugrunde richten, dafür reicht ihre Intelligenz nicht.«

Elisabeth nickte.

Caspar war wie ausgewechselt. Er hielt Blickkontakt und sprach langsam und eindringlich.

»Es gibt aber auch die, die sich dagegenstemmen«, sagte er.

»Das will ich meinen«, sagte Elisabeth. »Allein die Schülerinnen und Schüler, die sich im Klimaschutz engagieren ...«

»Davon rede ich nicht. Auch die sind ahnungslos. Ich rede von den wenigen Menschen, die die wahren Kräfte der Natur kennen.«

»Ihre Geister.«

»Unsere Gemeinschaft hat ein Bündnis mit ihnen geschlossen. Wir alle gemeinsam werden der Menschheit zur Erkenntnis verhelfen und diese Welt wieder auf den richtigen Weg bringen.«

»Das ist also die Gemeinschaft, die sich hier im Serene Mountain Inn trifft?«

Caspar zögerte eine Sekunde, dann sagte er: »Richtig.«

»Wie soll er denn genau aussehen, dieser richtige Weg?«

»Die Menschen werden lernen, sich wieder vollständig auf die Natur zu verlassen. Das wird vielen wie ein enormer Rückschritt erscheinen, weil sie alles aufgeben müssen, was sie bislang vergöttert haben. Doch sie werden nach und nach erkennen, dass die Natur ihnen mehr bietet, als sie auch nur geahnt haben. Auf uns wenigen, die die unsichtbare Welt schon lange kennen und verstehen, ruht dann eine große Verantwortung. Dass wir, als Auserwählte, die Menschheit führen und die neue Gesellschaft ordnen müssen, liegt auf der Hand. Das werden alle anerkennen.«

»Das klingt nach einem Zwangsregime.«

»Nicht für die, die verstehen, worum es geht, und es selbst mitgestalten.«

Und der Rest? Elisabeth verkniff sich die Frage und wartete ab.

»Ich weiß, warum du gefragt hast«, sagte Caspar. »Du hast in letzter Zeit Dinge erlebt, die über deinen Horizont hinausgehen.«

»Ich zweifle nicht daran«, sagte Elisabeth, »dass es Kräfte gibt, wie auch immer man sie nennt, die nicht jeder Mensch wahrnimmt. Wir sind verschieden, jeder hat seine eigene Realität. Und diese Geistwesen zeigen sich bestimmt nur dann, wenn sie es für nötig halten. Ich frage mich bloß, was dein Ziel in Wahrheit ist, so elitär, wie du dich gibst. Du willst Menschen belehren und für deinen Glauben gewinnen, aber mit den allermeisten lieber nichts zu tun haben. Wie soll das funktionieren?«

»Bei vielen ist es hoffnungslos. Sie sind blind und dumm.«

»Wie soll sich die Welt dann verändern?«

»Du hast am eigenen Leib erfahren, wozu die Unsichtbaren fähig sind. Ohne sie können wir es nicht schaffen.«

»Du willst sagen: *Sie* werden alle Ungläubigen mit Gewalt überzeugen? Sie unschädlich machen?«

Caspar sah plötzlich den Cowboy an, dem sichtlich unbehaglich war, und lachte laut.

»Sie ist eben ein echter Professor, nicht wahr?«

»Du hast so viel Verachtung für die Welt in dir«, sagte Elisabeth.

»Für einen Großteil der Menschen, vielleicht. Das ist etwas anderes.«

»Und wie kommt es, dass all diese Wesen ausgerechnet das tun, was *du* willst?«

»Alle? Nein. So bescheiden bin ich. Du musst verstehen, dass es sehr, sehr viele von ihnen gibt, und lächerlich wenige

Menschen im Vergleich dazu. Sie alle sind verschieden, genau wie wir. Nicht alle treten in Kontakt mit uns, nicht alle wollen oder können das. Und nicht alle, die es können, sind so schlau, zu erkennen, was wir gemeinsam bewirken können. Du glaubst also tatsächlich daran, dass du wegen ihnen in Gefahr geraten bist? Ich bin beeindruckt!«

»Ich bin ein sehr rationaler Mensch. Das bedeutet auch, dass ich es mir eingestehe, wenn ich keine anderen Erklärungen habe.«

Caspar nickte andächtig. Wahrscheinlich machte er sich nur über sie lustig. Vielleicht war er aber tatsächlich gerade im Begriff, seine Meinung über sie zu ändern.

»Trotzdem«, fuhr sie fort, »will mir nicht in den Kopf, dass mächtige Wesen sich für einen wie dich zu bloßen Handlangern machen.«

Wieder lachte Caspar. »Verbündete stehen füreinander ein! Aber glaub nicht, dass sie nicht auch eigenmächtig handeln können.«

Elisabeth bekam eine Gänsehaut, als hätte ein eisiger Lufthauch die Hitze dieses Tages durchstochen.

»Sie würden mich sogar töten?«

»Das kann ich dir nicht sagen! Sicher ist die Gefahr für dich mit dieser Unterhaltung nicht geringer geworden.«

»Das werde ich in Kauf nehmen müssen, wenn ich jetzt gehe.«

»Oh, du gehst nirgendwohin.«

Elisabeth hatte kaum zwei Schritte Richtung Straße getan, als der Cowboy ihr den Weg abschnitt. Caspar hatte seine Handlanger, unsichtbar oder auch nicht.

»Dieses Gespräch hat sich so interessant entwickelt!«, sagte er. »Ich will es noch nicht beenden.«

47

Der Pickup fuhr rasant durch die Kurven, so dass Mona sich am Rand der Transportfläche und an Ove festhielt. Green Springs und der Fluss waren zunächst noch unten im Tal zu sehen, doch dann verschwand die Aussicht hinter einer weiteren Biegung.

Kurz darauf polterte es dumpf über ihnen im Wald.

Im selben Augenblick gab Ove ein Stöhnen von sich.

»Hörst du auch diesen Krach da oben?«, fragte Mona.

Aber Ove beachtete sie gar nicht. Er hatte einen Arm ausgestreckt und wischte daran herum.

»Was ist denn?«, fragte Mona.

Ove hielt ihr seinen Arm vor das Gesicht und rief mit Panik in der Stimme: »Siehst du das? Irgendwas passiert mit mir! Ich kann fühlen, wie es ... Oh Gott, bitte nicht!«

Etwas Graugrünes, Flechtenartiges breitete sich von seiner Armbeuge aus auf seiner Haut aus. Mona konnte dabei zusehen, wie es wuchs.

Wie bei der verängstigten Frau, die ihnen zwei Tage zuvor im Wald begegnet war. Doch bei Ove ging es viel schneller.

Er rieb und kratze an seinem Arm, bis es blutete, dabei fluchte er laut. Doch die Wucherung ließ sich nicht aufhalten, dehnte sich sowohl Richtung Hand als auch zur Schulter hin aus.

»Das sind *sie*!«, schrie Ove. »Caspar steckt dahinter!«

Beim Anblick von Oves Arm glaubte Mona, den Verstand zu verlieren. Das durfte jetzt nicht passieren! Sie waren doch schon entkommen!

Die Welt ist aus den Fugen geraten.

Doch Ove gegenüber wollte sie sich das nicht anmerken lassen. Sie nahm sein Gesicht in beide Hände.

»Bleib ruhig sitzen. Hör auf, dich zu kratzen. Wir sind bald in der Stadt, dort finden wir Hilfe. Wir müssen nur endlich aus diesen Bergen verschwinden. Vielleicht hört es sogar von selbst auf, wenn wir ...«

Das donnernde Geräusch im Wald wurde zu einem ohrenbetäubenden Krachen. Mona und Ove starrten auf den Berghang. Mehrere Bäume kippten nacheinander um. Staubwolken wirbelten auf.

Der Tornado kehrte zurück, um sie nun doch zu verschlingen!

Doch einen Augenblick später brach ein Felsblock, groß wie ein Lkw, durch die Bäume am Straßenrand, keine 20 Meter vor ihnen. Die Straße erbebte. Der Pick-up bremste scharf und geriet ins Schlingern. Er fing sich wieder, kam jedoch nicht rechtzeitig zum Halt und krachte frontal in den Felsen. Die Kollision warf Ove gegen die Wand der Ladefläche, Mona gegen ihn.

»Was zur Hölle ...!«, brüllte der Fahrer.

Sie waren nicht verletzt, doch Mona blieb das Herz stehen, als sie Ove ins Gesicht sah. Vom Hals aus breitete sich der grünliche Ausschlag weiter aus, erreichte auf einer Seite bereits seine Wange.

Ove musste es fühlen und sah es nun auch in ihrem Blick.

Er sprang vom Wagen herunter, ließ seinen Rucksack zurück und rannte los.

»Hey!«, rief Mona. »Wo willst du denn hin?«

Sie ignorierte den fluchenden Fahrer, der aus seinem ramponierten Fahrzeug geklettert war.

»Warte doch!«

Ove rannte die Straße entlang zurück Richtung Green Springs.

»Caspar!«, schrie er. »Ich muss zu ihm, er muss es aufhalten!«

Mona stürzte hinter ihm her, doch nach einer kurzen Strecke kam Ove ins Straucheln. Plötzlich sah es aus, als wäre er von einer dunklen Wolke umgeben. Sie war aus dem Nichts aufgetaucht und verdichtete sich um ihn herum. Ove taumelte und schlug um sich.

Mona hatte ihn fast erreicht, als er wieder losrannte, doch diesmal in den Wald hinein.

»Bleib stehen!«, schrie Mona und folgte ihm. »Warum läufst du vor mir weg?«

Sie hörte Oves Schritte im Unterholz, aber konnte ihn nicht mehr sehen. Immer wieder rief sie nach ihm, doch bekam keine Antwort. Stattdessen hörte sie ihn stöhnen und röcheln.

Alle paar Meter blieb Mona stehen, um zu horchen, ob Ove noch in der Nähe war. Dabei verlor sie allmählich die Orientierung. Sie überquerte eine Kuppe, in dem Glauben, Ove damit den Weg abzuschneiden, umrundete das meterhohe Wurzelwerk eines umgestürzten Baumes – und stolperte fast über ihn.

Er kauerte dahinter auf dem Boden. Auf allen vieren versuchte er, vorwärtszukommen, aber bewegte sich wie in Zeitlupe.

Mona hockte sich neben ihn, um ihm aufzuhelfen. Doch als er ihr langsam sein Gesicht zuwandte, wich sie zurück. Es war vollständig überwuchert von dem moosartigen Ausschlag. Er entstellte seine Gesichtszüge, bedeckte sogar die Augen. Ein Keuchen drang aus seiner Kehle. Er streckte eine nicht mehr menschliche Hand nach Mona aus, dann brach er zusammen. Reglos blieb er liegen. Seine ehemals helle Haut war vom Waldboden unter ihm nicht mehr zu unterscheiden.

»Nein!«, schrie Mona. »Ove, hörst du mich?«

Sie kroch näher an ihn heran und berührte seinen Oberarm. Was sich auf seiner Haut ausbreitete, wuchs dort weiter. Es bewegte sich unter dem Stoff seines Shirts. Reflexartig zog sie ihre Hand zurück.

»Bitte steh auf!«

Er drehte den Kopf leicht in ihre Richtung, schien sie blind zu suchen.

Seine blonden Haare waren beinahe vollständig unter dem Moos verschwunden, ebenso seine Arme und Hände.

Oves Körper wurde einfach eins mit seiner Umgebung.

Mona schrie wie von Sinnen. Mit beiden Händen riss sie Moos aus dem Boden. Doch alles, was sie freilegte, war dunkle Erde.

48

Furcht, Wut und Sorge plagten Elisabeth gleichermaßen, sie ließ sich aber nichts davon anmerken. Noch immer wusste sie nicht genau, in was sie hier hineingeraten, wozu Caspar fähig war. Die Wut galt ihr selbst, weil sie Green Springs nicht gemeinsam mit Stamps hinter sich gelassen hatte. Sie war Caspar direkt in die Falle getappt. Gegen ihn und seinen Gehilfen würde sie nichts ausrichten können.

Besorgt war sie um Camera und Ove, die jetzt sicher ebenfalls in großer Gefahr waren.

»Ich werde dir etwas zeigen«, sagte Caspar. »Phil, du folgst uns.«

Sie führten Elisabeth über das weitläufige Grundstück des Serene Mountain Inn. Phil lief hinter ihr wie ein Wachhund und schnaufte angespannt.

Hinter einem Hain aus Ahornbäumen kamen sie zu einer halb überwucherten Treppe, die zu einem tiefer liegenden Teil des Gartens führte. Ein langgestrecktes Gemäuer lugte dort zwischen hohen Büschen hervor. Irgendwann einmal war es weiß gestrichen worden, inzwischen aber fast überall von Efeu und Flechten überwuchert.

»Dort gehe ich ganz sicher nicht hinein«, sagte Elisabeth.

Zur Antwort legte Phil ihr eine Hand auf den Rücken und schob sie vorwärts.

»Es mag dir suspekt erscheinen«, sagte Caspar. »Aber wir wollen dir nichts Böses.«

Elisabeth lachte höhnisch auf.

Sie sah sich um, ob nicht zufällig noch jemand im Garten war, der ihr zur Hilfe kommen konnte. Phils dunkle Augen folgten ihrem Blick. Niemand sonst war da.

Caspar zog an einem Band um seinen Hals. Zum Vorschein kamen zwei Gegenstände, die unter seinem Hemd versteckt gewesen waren: ein Anhänger in Form einer Rune, anders als der, den er auf Wanderschaft getragen hatte, und ein Schlüssel aus dunklem Metall. Er streifte das Band mit dem Schlüssel über seinen Kopf und schloss die verwitterte Holztür des Gartenhauses auf. Sie quietschte, als er sie nach innen aufdrückte. Heraus drang ein Geruch wie von Komposthaufen.

»Nur zu, Professor«, sagte Caspar.

Elisabeth wehrte sich, als Phil sie mit beiden Händen an den Schultern packte.

Wenn sie sie da drinnen nicht direkt umbrachten, würden sie sie zumindest wegsperren – für immer.

Doch dann ergriff auch Caspar mit fester Hand ihren Unterarm. »Nur keine Sorge, Professor«, sagte er in einem ruhigen Ton, der nicht zum festen Griff seiner Hand passte. »Dich erwartet ganz sicher nicht das, was du jetzt denkst.«

Phil schob sie durch die Tür.

Caspar ließ Elisabeths Arm los, betrat das Innere und bog nach rechts ab. Sie folgten ihm in einen langgestreckten Raum. Die Fenster waren schmutzverkrustet und teils zerbrochen. Caspar durchquerte den Raum, Elisabeth blieb nahe dem Eingang stehen, mit Phils Atem im Nacken.

Mehrere Runen waren mit schwarzer Farbe an die Wand gemalt. Es war immer dieselbe, sie sah ungefähr aus wie der Buchstabe H, nur stand der Querstrich in der Mitte schräg.

Entlang der gesamten Wand unterhalb der Runen hatte jemand dunkle Erde aufgehäuft. Darauf lagen nackte menschliche Körper, unter jeder Rune einer. Teilweise waren sie mit Erde bedeckt.

»Was habt ihr getan?«, fragte Elisabeth.

Sie bekam keine Antwort.

Frauen und Männer unterschiedlichen Alters und verschiedener Hautfarben lagen dort, doch sie erkannte niemanden. Camera und Ove waren nicht darunter.

Alle hatten die Augen geschlossen und regten sich nicht.

»Sind sie tot?« Sie war zu kaum mehr als einem Flüstern fähig.

»Oh nein«, sagte Caspar. »Im Gegenteil. Die Art von Existenz, die wirklich zählt, beginnt für sie erst jetzt.«

»Wer sind sie?«

»Auserwählte«, sagte Phil.

Elisabeth drehte sich zu ihm um. Caspars Gefolgsmann lächelte auf eine Weise, die sie nicht deuten konnte.

»Was heißt das? Auserwählt wozu? Und von wem? Ihr habt mich hierher verschleppt, jetzt erklärt mir, was das alles soll!«

»Vier von ihnen wurden von den Unsichtbaren hierhergeführt«, sagte Caspar. »Wir kannten sie nicht. Aber sie waren dazu bestimmt worden, die Transformation zu durchlaufen, um selbst in die unsichtbare Welt überzugehen. Ihre Aufgaben liegen dort. Die anderen drei gehörten zur Gemeinschaft des Serene Mountain Inn, ich kannte sie gut. Sie haben sich freiwillig für die Verwandlung entschieden. Sie hatten das Menschsein satt und wollten auf der anderen Seite kämpfen.«

»Kämpfen?« Elisabeth war sicher, dass sie die Antwort gar nicht hören wollte.

»Es steht ein Umbruch bevor, wie ihn die Menschheit noch nicht erlebt hat«, sagte Caspar. »Die unsichtbare Welt wird die der gewöhnlichen Menschen auf den Kopf stellen. Alles, wovon sie sich abhängig gemacht haben, wird nutzlos werden. Ihre Technik wird ausfallen, ihre Medizin nicht mehr wirken. Zurückgeworfen auf sich selbst und die Natur werden mehr Menschen erkennen, was sich in ihr wirklich verbirgt. Nicht jeder reagiert so abgeklärt wie du darauf – Respekt! Es wird viele überfordern, manche in den Wahnsinn treiben. Aber wir, die schon lange die Wahrheit kannten, werden da sein, um es ihnen zu erklären.«

»Die Retter«, sagte Elisabeth und hoffte, dass weder ihre Wut noch ihre Verachtung für diesen größenwahnsinnigen Wurm ihr ins Gesicht geschrieben standen. Wenn er sie tatsächlich für nützlich hielt und sie deshalb ins Vertrauen zog, würde sie möglicherweise einen Weg finden, diesem Albtraum zu entkommen. Sie brauchte Geduld, Wachsamkeit und ein wenig schauspielerisches Talent.

Ihr Blick fiel auf die entblößten Körper auf ihren grabartigen Betten. Schliefen sie oder waren sie bewusstlos? Sie konnte nicht erkennen, ob sie atmeten.

Caspar lächelte sie an.

Spielte er selbst nur Theater? Was hatte er mit ihr vor?

»Ich ... bin beeindruckt«, sagte sie. »Du wirst verstehen, dass das alles etwas viel ist. Mir schwirren tausend Fragen im Kopf herum, die ich sortieren muss. Ich muss mich hinsetzen und etwas ausruhen.«

»Natürlich«, sagte Caspar. »Gehen wir ins Haus und reden.«

»Bestimmt hat Milton etwas zu essen für uns«, sagte Phil, als sie hinaus in den Garten traten.

Elisabeth ballte die Faust, bis die Fingernägel in der Handfläche schmerzten.

49

Tränenüberströmt irrte Mona durch den Wald, bis sie endlich zufällig auf die Straße stieß.

Wo waren der Felsblock und der beschädigte Pick-up? Sie hatte ihren Rucksack auf der Ladefläche liegen lassen, als sie Ove hinterhergelaufen war.

Der Anblick seiner Verwandlung würde sie ihr Leben lang verfolgen. Wie sollte sie das ertragen?

Sie lief die Straße bergab und erreichte die Brücke über den French Broad River. Die Unfallstelle musste weiter oben gelegen haben. Während sie überlegte, was sie nun tun sollte, sah sie auf der anderen Seite der Brücke Stamps, der gerade aus seinem Wasserbehälter trank, und seine Hündin, die Mona erwartungsvoll entgegenblickte.

Vor Erleichterung, vertraute und freundliche Gesichter zu sehen, musste Mona lachen, was ihr selbst nach allem, was geschehen war, absurd vorkam. Sie überquerte den Fluss und fiel Stamps um den Hals.

»Was macht ihr denn noch hier?«

»Wir haben den Höllenlärm gehört, mit dem der Felsen ins Tal gekracht ist, und haben uns Sorgen um euch gemacht! Hast du ihn auch gesehen?«

»Ja, ja ... Wen meinst du mit ›uns‹? Ist Professor nicht bei dir?«

»Nein, ich dachte, sie wollte zu dir! Deswegen ist sie zurück und wollte zum Hostel, dich suchen.«

»Oh, bitte nicht!«

Sofort stiegen Mona wieder die Tränen in die Augen.

»Ich muss dorthin und sie holen«, sagte sie.

»Warte!«, rief Stamps. »Lass mich doch mit dir ...«

»Nein!«, schrie Mona ihn an. »Bleib bloß weg von diesem Haus!«

Stamps schwieg und schaute sie aus großen Augen an. Sie ließ ihn stehen und lief los.

Jetzt hielt er sie für verrückt und vielleicht war das besser so. Möglicherweise war sie das längst.

Abermals betrat Mona das Serene Mountain Inn. Sie bemühte sich, kein Geräusch zu machen. Hinter der angelehnten Küchentür hörte sie Geklapper, dann Stimmen. Zwei Männer unterhielten sich, einer davon klang älter. War das Milton, der Hostelbesitzer?

»Und wo treibt er sich die ganze Zeit herum?«, fragte der jüngere.

»Ich weiß es nicht. Aber ich habe ihm den Schlüssel zum Gartenhaus gegeben. Ich musste ihm versprechen, dass er dort nicht gestört wird.«

»Aber du weißt gar nicht, was er vorhat?«

»Nein. Seine Verbindung zu den Unsichtbaren ist so stark wie noch nie, ich konnte es sehen. Darum vertraue ich darauf, dass er weiß, was zu tun ist.«

Mona erhaschte einen Blick in das Zimmer, das der Küche gegenüberlag, doch es war leer.

Wo konnte Professor sein?

Die Gästezimmer in der ersten Etage zu überprüfen, traute Mona sich nicht. Das Quietschen der alten Treppe würde sie verraten.

Sie schlich den Flur entlang und betete, dass die Holzdielen unter dem verblichenen Läufer nicht ebenfalls knarrten.

Ihr Blick streifte gerahmte Schwarzweiß-Fotos an der Wand unterhalb der Treppe. Strahlende Menschen auf dem AT, an einem Lagerfeuer, vor einem Zelt.

Blanker Hohn.

Der Flur machte einen Knick nach links. Mona spähte um die Ecke, es war niemand zu sehen. Weitere Zimmer lagen auf der rechten Seite. Sie hielt sich an der Wand und machte ein paar leise Schritte, dann ertönte eine weitere männliche Stimme aus dem hintersten Zimmer.

»... haben die unterschiedlichsten Persönlichkeiten in unseren Reihen. Künstler, Politikerinnen, ganz einfache Leute und Akademikerinnen wie dich. Sie alle sehen und fühlen mehr als gewöhnliche Menschen. Sie sind Botschafter.«

Mona schlich näher zum Eingang des Zimmers.

Das war Caspars Stimme!

»Darum kommt es auf jeden einzelnen an. Wenn jemand wie du sich uns anschließt, werden wir alle stärker. Du hast viel Erfahrung mit jungen Menschen, das ist wertvoll für uns! Vielleicht kennst du welche, die unsere Gemeinschaft kennenlernen möchten?«

»Möglicherweise«, antwortete eine tiefe, weibliche Stimme. Professor!

»Aber das muss natürlich geschickt vorbereitet werden. Ich nehme an, es gibt auch Mitglieder der Gemeinschaft in Deutschland?«

»Nun ja«, sagte Caspar zögernd, »das ließe sich einrichten.«

»Ihr seid *nicht* weltweit vernetzt?«, fragte Professor.

»Schon, aber ...«

»Das müsst ihr sein, wie sonst soll das funktionieren?« Professors Stimme klang belustigt.

»Keine Sorge, unser Netz wird immer dichter.«

»Ich bin mir sicher« – Professor sprach langsam und betonte dieses Wort – »dass ich in meiner Welt einen Beitrag dazu leisten kann. Ich habe nicht nur meine Schülerinnen und Schüler, sondern auch eine ganze Reihe einflussreicher Kontakte.«

Das konnte einfach nicht sein. Nicht Professor!

»Ausgezeichnet. Von was für Leuten reden wir hier?«

»In erster Linie andere Lehrkräfte natürlich. Aber ich bin gut vernetzt mit Menschen aus dem sozialen Sektor, Jugendhilfe, Kindergärten ... Man kann nicht früh genug anfangen, Kindern die richtigen Geschichten zu erzählen, habe ich recht?«

»Natürlich.«

»So viele Menschen, nicht nur junge, suchen nach Halt im Leben und nach einem Sinn. Ihr könnt das bieten.«

Spielte Professor ihm etwas vor? Mona weigerte sich, eine andere Erklärung auch nur zu erwägen.

Professor hatte keine andere Wahl.

Aber sie machte das verdammt gut.

»Dann wäre da mein Netzwerk in der öffentlichen Verwaltung, der Lokalpolitik ... Ich bin keine Prominente, versteh mich nicht falsch, aber viele Menschen respektieren mich.«

»Wie gut, dass wir doch noch ins Gespräch gekommen sind, Professor.«

Wie konnte Mona ihre Freundin – und sich selbst – aus dieser Lage befreien? Nur, indem sie Caspar in Schach hielt. Aber wie sollte ihr das gelingen? Abgesehen davon hatte er seine Verbündeten im Haus.

Sie brauchte eine Waffe. Aber in der Küche, wo sie ein Messer hätte suchen können, war Milton.

Ratlos stand Mona auf dem Flur herum. Auch das war viel zu riskant, sie konnte jederzeit entdeckt werden, sich aber nicht verteidigen. Also schlich sie wieder hinaus und um das Haus herum.

In der Dunkelheit draußen fühlte sie sich sicherer. Der Garten war weitläufiger, als sie vermutet hatte, aber Mona entdeckte bald das Gartenhaus. An dessen schmaler Wand lehnten einige Gartengeräte, darunter eine lange Harke mit spitzen Metallzinken.

Sollte sie damit auf Caspar losgehen und so Professor eine Fluchtmöglichkeit verschaffen?

Es kam ihr absurd vor, doch ihr fiel nichts Besseres ein. Mona griff nach der Harke. Sie wollte schon zurück ins Haus, als sie bemerkte, dass es in dem Gartenhaus nicht völlig dunkel war. Ein zaghaftes, gelbliches Licht drang durch das kaputte Fenster, das ihr am nächsten lag. Mona trat näher und spähte hindurch.

Sie hatte mit einem Haufen Gerümpel gerechnet, aber nicht mit dem, was sie dort sah.

»Oh Gott!« Sie schlug sich eine Hand vor den Mund.

Auf keinen Fall wollte sie eine Verwandlung wie Oves noch einmal miterleben. Trotzdem zwang sie sich, hinzusehen. Diese Körper sahen noch völlig menschlich aus. Sie wurden schwach erhellt von einer Kerze in einem Glas auf dem Boden. Die beiden, die der Lichtquelle am nächsten waren, konnte Mona erkennen. Doch da waren mehr. Wer waren diese Menschen?

Mona wollte ein Stück weiter an der Wand entlang gehen, um durch das zweite Fenster zu schauen, da hörte sie das Knarren der Tür und fuhr herum.

Ein Mann stürzte mit aufgerissenen Augen auf sie zu.

Er war nur ein paar Schritte entfernt, aber Mona blieb genug Zeit, den Schreck abzuschütteln und die Harke mit beiden Händen in seine Richtung zu schwingen.

Mit den Metallspitzen traf sie ihn seitlich am Kopf. Er schrie auf und fiel auf die Knie. Schon war er dabei, sich wieder aufzurappeln – doch Mona dachte an Ove, an Professor und an die reglosen Körper dort hinter dem Fenster. Sie holte aus und schlug ihm die Rückseite des metallenen Teils mit voller Wucht auf den Hinterkopf.

Der Mann kippte nach vorn, fiel mit dem Gesicht ins Gras und blieb liegen.

Mona keuchte.

Der Mann blutete, aber sie glaubte nicht, dass sie ihn totgeschlagen hatte.

Er trug eine helle Fransenjacke und Cowboystiefel. Weder auf dem Trail noch bei ihrem ersten kurzen Besuch im Hostel hatte sie ihn getroffen.

Mona sah sich um. Niemand sonst war in der Nähe.

Mit ihrer seltsamen Waffe lief sie zurück Richtung Haus und erreichte auf halber Strecke eine Ansammlung von Ahornbäumen. Einen Moment hielt sie dort inne, um zu Atem zu kommen. Da öffnete sich der Hintereingang des Hauses.

Vor dem Licht des Eingangs erkannte sie Caspar.

»Bleib stehen!«, brüllte er.

Im selben Augenblick fegte eine Sturmböe durch die Bäume um Mona herum.

Zwischen den breiten Stämmen und ausladenden Ästen blieb sie stehen, den Stiel der Harke in den schwitzenden Händen. Sie suchte Deckung hinter einem besonders dicken Stamm, obwohl sie wusste, dass es sinnlos war. Caspar hatte sie gesehen.

Wozu war der Schwarm der Elementargeister noch fähig? Und Caspar?

Etwas Helles auf der Baumrinde nur wenige Zentimeter vor ihrem Gesicht erregte ihre Aufmerksamkeit: eine Markierung in weißer Farbe. Eine Rune, natürlich. Sie sah ungefähr wie ein H aus.

Erneut hob Mona ihre Waffe, doch ein gewaltiger Windstoß riss ihr die Harke aus der Hand. Sie landete außerhalb ihrer Reichweite.

Der Sturm heulte unnatürlich laut und schrill.

Sie waren gekommen.

Mona presste die Hände auf die Ohren und schrie dagegen an, doch das half nichts. Selbst in ihrem Kopf kreischten sie so, dass sie im Handumdrehen davon wahnsinnig werden würde.

Sie wollte losrennen, egal wohin. Doch plötzlich war sie wie umklammert von tausenden Armen, die sie zu erdrücken drohten. Das Heulen wandelte sich in ein schallendes Gelächter aus zahllosen unsichtbaren Mündern.

Mitten in dem Höllenlärm waren klar und deutlich Caspars Worte zu vernehmen.

»Du hast das Zeichen der Transformation gesehen. Gleich wirst du fühlen, was das bedeutet.«

Caspar war es, der sie festhielt. Doch nicht er allein. Unsichtbare, kalte Finger waren überall auf ihr, auf ihrer Kleidung und darunter, in ihren Haaren, auf ihrem Gesicht.

Aber dann hörte sie noch eine andere vertraute Stimme, die ihr ins Ohr flüsterte.

»Ich bin bei dir.«

50

Wie ein Irrer war Caspar aus dem Zimmer gestürzt. Mitten in seinem Redeschwall hatte er innegehalten und war ohne ein Wort der Erklärung verschwunden.

Sofort sah Elisabeth den Moment gekommen, unbemerkt das Haus zu verlassen, und trat hinaus auf den Flur. Caspar hatte die Hintertür offengelassen; ein unheimlicher Lärm und Schreie drangen aus dem Garten herein.

Ein Teil von Elisabeth wollte gar nicht wissen, was da vor sich ging.

Aber da war die Stimme von Camera! Sie kauerte dort zwischen den Bäumen. Und Caspar rannte auf sie zu.

Von da an war es, als würde etwas von Elisabeth Besitz ergreifen und sie steuern. Sie stürmte in die Küche auf der anderen Seite des Flures, vorbei an Milton und Jamie, die verdutzt dreinschauten. Auf einer magnetischen Leiste an der Wand klebten mehrere große Messer. Sie griff sich das längste.

Milton stellte sich ihr in den Weg.

»Was geht denn hier vor? Du bist Gast, du kannst nicht einfach ...«

»Kümmert es dich überhaupt«, schrie Elisabeth ihn an, »was in deinem Haus geschieht? Das muss jetzt aufhören!«

Sie drohte Milton mit der Waffe. Er wich zurück.

Der stille Jamie tat gar nichts, war nur an die Hintertür getreten und sah mit großen Augen zu, was sich im Garten abspielte. Elisabeth stieß ihn beiseite, rannte hinaus – und wie gegen eine Wand. Der Sturm hatte gedreht und kam ihr heulend entgegen. Mit dem ganzen Körper warf sie sich nach vorne und kam trotzdem nur wie in Zeitlupe voran.

Vom Haus fiel Licht in den Garten, doch Caspar und Camera waren wie von einem dunklen Schleier umhüllt. Beide hockten auf dem Boden. Caspar hielt Camera fest.

Er ist nicht allein. Sie hat keine Chance. Sie wird sterben.

Elisabeth stemmte sich weiter gegen den Sturm. Die unmenschlichen Stimmen gellten in ihren Ohren.

Hinter ihr rief Milton: »Lass sie! Du kannst nichts ausrichten!«

Doch da war noch eine andere Stimme. Vertraut, aber sie konnte sie nicht zuordnen. »Du musst es jetzt tun! Töte ihn! Es ist die letzte Chance!«

Der dunkle Schleier um die beiden Gestalten wurde dichter, während der Sturm wild in den Bäumen toste. Gleich würden die mächtigen Äste auf sie herunterkrachen.

Die Luft war schneidend kalt. Elisabeth schützte ihr taubes Gesicht mit den Händen und schob sich beinahe blind vorwärts.

Caspar bemerkte sie nicht. Er hockte über Camera und hielt mit beiden Händen ihre Arme fest.

Die wehrte sich kaum mehr, warf nur den Kopf hin und her, schaute in Elisabeths Richtung, doch wie durch sie hindurch.

Etwas stimmte mit ihren Augen nicht. Das Weiß des Augapfels war nicht zu sehen.

Das letzte Zögern war mit diesem Anblick dahin. Elisabeth hob das Messer.

Unsichtbare Kräfte zerrten an der Klinge. Doch sie war schnell.

Mit einer Kraft, wie sie sie noch nie in ihrem Leben aufgebracht hatte, rammte Elisabeth die Klinge in Caspars Rücken.

Er schrie, bäumte sich auf.

Es ist nicht genug! Es muss schneller gehen!

Elisabeth stach ein zweites Mal zu.

Stirbt er überhaupt wie ein normaler Mensch?

Ein drittes Mal.

Caspar fiel nach vorn. Er lag mit dem Gesicht nach unten neben Cameras reglosem Körper.

Das Heulen der Stimmen nahm einen anderen Klang an, als riefen sie nun wild durcheinander.

Stöhnend drehte sich Caspar um. Seine Augen verdunkelten sich, ebenso die Haut in seinem Gesicht. Er reckte den Kopf, streckte einen Arm aus. Elisabeth hob erneut das Messer, doch er hatte nicht mehr genug Kraft, sie anzugreifen.

Mit einer Stimme, die nicht mehr wie seine klang, sagte er: »Ich werde ... nicht sterben.«

Doch dann fiel sein Kopf zur Seite, die schwarzen Augen starrten ins Leere. Sein Körper hatte aufgehört, sich zu verwandeln, aber das Fremde, Dunkle bedeckte sein regungsloses Gesicht wie ein Schleier.

Erst jetzt sackte Elisabeth selbst zusammen und keuchte vor Erschöpfung. Sie war nicht länger im Stande, wahrzunehmen, was um sie herum geschah.

51

Wach auf«, sagte die Stimme. Die, der sie vertraute. »Es ist vorbei.«

Mona fühlte sich wie nach einer Ohnmacht, ohne das leiseste Gespür dafür, ob ihr Bewusstsein eine Sekunde oder einen Tag lang nicht in ihrem Körper gewesen war.

Sie öffnete die Augen. Es war dunkel, über ihr riesige Äste von Bäumen, die sanft im Wind wogten und säuselten. Sie lag auf dem Rücken im kühlen Gras. Leicht drehte sie den Kopf nach rechts und sah in das Gesicht von Professor. Die lächelte sie an, doch ihr Blick war traurig.

Erst da fiel Mona alles wieder ein: das Serene Mountain Inn, ihre Entdeckung im Gartenhaus. Der Mann, den sie vielleicht erschlagen hatte. Dann der Sturm. Und Caspar.

Sie schreckte hoch.

Caspar lag regungslos neben ihr. Sein Gesicht war verändert und sie musste wegsehen, weil es sie an das erinnerte, was mit Ove geschehen war.

»Was ist passiert?«, flüsterte sie.

»Ich habe ihn erstochen«, sagte Professor. »Sonst hätte er ... hätten *sie* dich wahrscheinlich getötet.«

Caspar hatte die Verwandlung nicht vollzogen – vielleicht, weil seine menschliche Hülle gestorben war. Professor war im richtigen Moment gekommen.

»Es ist vorbei«, sagte Professor.

Genau das hatte eine andere Stimme kurz zuvor zu Mona gesagt, als sie noch nicht ganz wieder wach gewesen war. Vielleicht hätte sie es vergessen, hätte nicht Professor den gleichen Satz ausgesprochen.

»Der ... Sturm hat einfach aufgehört?«

»Nicht ganz. Es war, als würde er an Kraft verlieren. Aber auch, als würde alles durcheinandergeraten.« Professor sah zu Caspars Leichnam und fügte hinzu: »Für manche dieser unsichtbaren Wesen scheint sich alles nur um ihn gedreht zu haben. Jetzt nicht mehr.«

Mona setzte sich auf und nahm Professor in den Arm. Die atmete zitternd, von der Anspannung, die sich nur langsam löste, oder weil sie weinte.

Noch verstand Mona nicht, was alles geschehen war. Aber dass sie Professor ihr Leben verdankte, war ihr klar. Sie drückte ihre Freundin noch fester und streichelte ihren Rücken.

»Was machen wir jetzt?«, fragte Mona.

»Das weiß ich nicht. Wir sind am Leben, das ist das Wichtigste.«

»Was ist mit den anderen hier, werden sie nicht ...«

Professor schüttelte den Kopf.

Milton näherte sich ihnen. Sofort nahm Mona das blutige Messer, das neben Caspar im Gras lag. Doch nichts deutete darauf hin, dass Milton auf einen Angriff aus war. Mit unendlich trauriger Miene betrachtete er Caspars toten Körper.

»Das ist eine unverzeihliche Tat«, sagte er.

»All diese unsichtbaren Wesen«, sagte Professor, »wenn sie so mächtig sind, wo sind sie jetzt hin? Warum vernichten sie uns nicht endgültig, um ihn zu rächen?«

Milton sah sie mit Verachtung in den Augen an. »Sie sind wankelmütig. Caspar war ihre stärkste Verbindung zu den Menschen. Aber sie waren nie alle auf seiner Seite, das wusste er. Selbst einen wie ihn hatten sie für eine Weile völlig vergessen. Sie sind sehr unsicher, jetzt, wo er tot ist. Wer weiß schon, was das bedeutet? Du hast sehr viel zerstört, nicht nur dieses eine Menschenleben.«

»Wie gedenkst du, mir das heimzuzahlen?«, fragte Professor.

»Ich töte jedenfalls keine Menschen. Aber du wirst dafür bezahlen, in welcher Form auch immer. Du hast dir mehr Feinde gemacht, als du dir vorstellen kannst.«

»Was willst du tun, die Polizei holen?«, fragte Mona. »Sie hat es getan, um mich vor diesem Irren zu retten. Das werden wir denen erzählen. Und *du* kannst ihnen bei der Gelegenheit erklären, wer die Toten in deinem Gartenhaus sind! Und der andere Verrückte, der dort auf mich losging.«

Professor sah sie erschrocken an.

Auch Milton schien nicht zu verstehen, wovon Mona redete. Er ließ sie sitzen und ging hinunter zum Gartenhaus. Sein junger Gehilfe Jamie stand noch immer an der Hintertür des Hostels und starrte zu ihnen herüber.

»Jamie, komm her!«, hörten sie Milton brüllen. »Phil liegt hier am Boden und blutet!« Erst da bewegte sich der Angesprochene und lief an ihnen vorbei über den Rasen.

Mona und Professor stützten sich gegenseitig und standen auf.

Mona sah ihrer Gefährtin in die verheulten Augen. »Ich danke dir. Wir sind zusammen so weit gekommen, wir stehen auch das jetzt noch gemeinsam durch.«

Epilog

zwei Jahre später

Die Schiebetür vor Elisabeth öffnete sich und sie trat in die Ankunftshalle des Flughafens. Diesmal hatte sie gar keine Fragen
beantworten müssen. Wie unkompliziert das Reisen innerhalb
Europas war, genoss sie noch immer, schließlich hatte sie es als
Jugendliche noch ganz anders gekannt.

Der Caminho Português war ein weiterer Weg, den ihr
alter Freund Harry gerne gemeinsam mit ihr gegangen wäre.
Nach zwei aufreibenden Jahren, in denen sie die Ereignisse
auf dem Appalachian Trail immer wieder eingeholt hatten,
war das längst überfällig. Das Leben musste schließlich noch
aus etwas anderem bestehen.

Nicht nur hätte sie zuletzt weder Zeit noch Ruhe für eine
Wandertour gehabt; wenn sie ehrlich mit sich war, hatte sie
Angst davor – noch immer. Aber sie konnte sich nicht für den
Rest ihres Lebens zu Hause einschließen und etwas aufgeben,
das ihr so viel bedeutete. Da war Harry mit ihr einer Meinung.
Sich selbst und ihm zuliebe betrat Elisabeth hier in Portugal
endlich einen neuen Weg. Diese ersten Schritte überhaupt zu
gehen, war das Entscheidende, egal, wo es sie hinführen würde.

Vielleicht hätte sie es nicht so bald geschafft, wenn sie es
allein hätte in Angriff nehmen müssen.

Ihr Rucksack war leicht; diesmal hatte sie wirklich nur

das Allernötigste eingepackt. Sie durchquerte die Halle, eine weitere Schiebetür gab den Weg nach draußen frei. Dort war es sonnig und warm, geradezu paradiesisch nach der klimatisierten Flugzeugkabine. Sie stellte sich in den Schatten des Flughafengebäudes und überprüfte ihr Smartphone auf neue Nachrichten.

»Ich warte vor dem Flughafen, auf der Bank neben der Bushaltestelle«, las sie. »Ich freue mich sehr auf dich! Bis gleich!«

Elisabeth ging ein Stück die Straße entlang, schirmte die Augen ab und sah das Bushäuschen auf der anderen Seite, ein paar Meter dahinter zwei Sitzbänke. Auf einer stand ein Wanderrucksack, neben dem eine groß gewachsene, junge Schwarze saß, die gerade mit ihrer Kamera hantierte.

Elisabeths Herz machte einen freudigen Satz.

»Jetzt glaube ich endlich daran, dass es wirklich passiert!«, sagte Camera beim gemeinsamen Abendessen auf einer Terrasse in Lissabons Altstadt.

Sie trank einen Schluck von ihrem Sagres und strahlte zufrieden. »Wirst du mich jetzt Mona nennen und ich dich Elisabeth? Das hier ist schließlich nicht der AT!«

»Ja, lass uns das machen.«

Elisabeth öffnete die obere Tasche ihres Rucksacks und holte einen gefalteten Zettel hervor.

»Das wollte ich dir unbedingt zeigen«, sagte sie.

»Was ist das?«

»Eine E-Mail, die ich dir ins Englische übersetzt habe. Ich habe sie erst vor zwei Wochen von meiner Anwältin weitergeleitet bekommen. Sie stammt von einem David. Er hat Caspar gekannt und hat von uns erfahren.«

Mona las die zwei Absätze und sah Elisabeth mit großen Augen an.

»Er will sich mit dir treffen«, sagte sie.

»Ich denke, ich werde ihn anrufen. Und wenn er nicht ein totaler Spinner ist, treffen wir drei uns mal zu einer Videokonferenz.«

Mona nickte langsam. »Möglich.«

Elisabeth griff in eine ihrer Hosentaschen und holte noch etwas hervor.

»Wie viele Überraschungen hast du noch?«, fragte Mona.

Elisabeth legte das leere Schneckenhaus in die Mitte des Tisches.

Mona lachte. »Das hast du noch?«

»Natürlich! Wer weiß, vielleicht trage ich es eines Tages doch noch bis nach Maine, wo es hingehört. Erst dann heiße ich wieder Professor.«

»Wäre es nicht schöner, sich einen neuen Namen zu geben, nach allem, was passiert ist?«

»Harry hat mal behauptet, das gehöre sich nicht.«

Wieder lachte Mona, was Elisabeth unheimlich freute. »Ich hätte gerne deinen Harry kennengelernt und wäre mit ihm und dir gewandert. Glaubst du, er und ich, wir hätten uns verstanden?«

»Da bin ich ganz sicher. Und ein bisschen ist es so, als würde er mit uns laufen.«

»Ja, wahrscheinlich.«

Monas Lächeln verschwand. Sie sah mit gerunzelter Stirn über den belebten Platz hinweg. »Mit Ove geht es mir genauso. Ich habe dir das noch nicht erzählt, aber ich bin mir sicher, dass er manchmal bei mir ist.«

Kurz sah sie Elisabeth an, offenbar unsicher, was sie im Gesicht der Freundin lesen würde. Doch die hörte nur aufmerksam zu und wartete ab.

»Er war auch damals dabei, als Caspar starb. Ich meine nicht, dass ... Ove direkt mit Caspars Tod zu tun hatte. Aber es war seine Stimme, die ich gehört habe. Ich glaube, er war ... unter *ihnen*.«

»Vielleicht haben wir es auch ihm zu verdanken«, sagte Elisabeth, »dass wir danach unbehelligt nach Hause zurückkehren konnten, als wir es endlich durften.«

»Ich weiß es nicht. Schwer zu akzeptieren, dass wir es nie ganz verstehen werden. Es lässt einen einfach nicht los.«

»Ich möchte gar nicht alles darüber wissen. Mir reicht die sichtbare Welt. Sicher begleiten uns Geister auf die eine oder andere Weise. Aber ich möchte meine Zeit den Menschen widmen, denen ich mich zugehörig fühle.«

Mona holte ihre Kamera hervor. Die Kellnerin brachte einen Korb mit Weißbrotscheiben und ein Schälchen Oliven. Mona bat sie darum, ein Foto von ihnen zu machen.

»Damit ich diesmal nicht nur mit Bildern von Pflanzen nach Hause komme«, sagte Mona.

Sie setzte sich neben Elisabeth. Die beiden legten einander die Arme um die Schultern und prosteten der Kellnerin zu, die auf den Auslöser drückte.

Danksagung

Auch als Selfpublisher muss man kein Einzelkämpfer sein. Dieses Buch würde es ohne die Hilfe einiger toller Menschen nicht geben.

Ich bedanke mich bei François für das großartige Cover, das kritische Testlesen, die vielen Gespräche über meine Geschichten und die unerschütterliche Unterstützung in meinem Autorenleben im Allgemeinen.

Großer Dank gilt meinem Lektor Elyseo für sein kritisches Auge und die tolle, sehr zuverlässige Zusammenarbeit, bei der ich unheimlich viel gelernt habe.

An Cathy herzlichen Dank für den schönen Buchsatz, die ebenfalls sehr unkomplizierte Zusammenarbeit und ihr tolles Engagement für Indie-Bücher. Besucht mal *indie-buecher.com* und stöbert!

Den Testlesenden der ersten Stunde, Karla, Markus und Thorsten, danke ich für ihre ausführlichen Rückmeldungen und Kommentare, die mir die nötige Sicherheit gaben, dass ich mit der Geschichte auf dem richtigen Weg bin.

Und nicht zuletzt danke ich allen, die meine und andere Indie-Bücher kaufen, lesen, rezensieren und weiterempfehlen!

Michael Leuchtenberger

Michael Leuchtenberger

CASPARS SCHATTEN

ein geisterhafter Thriller

Eine Einladung wie aus dem Nichts.
Ein Wiedersehen mit einem exzentrischen Jugendfreund.
Für David und Miriam beginnt mit dem eigentlich erfreulichen Anlass ein Albtraum. Caspar ist überzeugt, einen Bund mit unsichtbaren Mächten geschlossen zu haben.
Zu spät erkennen die Geschwister, wozu ihr alter Gefährte fähig ist ...

»Ein wohliges Gruseln, Unbehagen und das Gefühl permanenter Bedrohung stellen sich beim Lesen ein. (...) Die Bedrohung ist stets vorhanden, verdeckt von einem dünnen Schleier Normalität, unter dem es brodelt.«
PHANTASTIK-COUCH.DE

»Die Atmosphäre wird von Seite zu Seite dichter, der Autor schafft es, den Leser langsam aber sicher in wildere Fahrwasser zu lenken. Ehe man sich versieht, steckt man mittendrin in einer ganz außergewöhnlichen Geschichte.«
DIE FABELHAFTE WELT DER BÜCHER

ISBN: 978-3-7528-4245-6
Verlag: BoD – Books on Demand

CASPARS

— THRILLER —

SCHATTEN

MICHAEL
LEUCHTENBERGER

Michael Leuchtenberger

DERRIÈRE LA PORTE

elf sonderbare Kurzgeschichten

Führt eine Tür in die Freiheit oder ins Verderben?
Schützt sie dich vor dem, was hinter ihr liegt?
Oder ist sie die Chance, es endlich zu erreichen?

Mit *Derrière La Porte* veröffentlicht Michael Leuchtenberger
erstmals einen Sammelband eigener, größtenteils bislang
unveröffentlichter Kurzgeschichten, von denen eine –
Lampionfest – bereits preisgekrönt ist. Die Sammlung deckt
unterschiedliche Genres ab, doch ähnlich wie in seinem
Debütroman bildet leiser Horror einen Schwerpunkt.
Eine unheimliche, bedrohliche Grundstimmung macht sich
nahezu überall bemerkbar.

»eine feine Story-Sammlung im Wundertüten-Gewand«
PHANTASTIK-COUCH.DE

ISBN: 978-3-7504-0164-8
Verlag: BoD – Books on Demand

MICHAEL
LEUCHTENBERGER

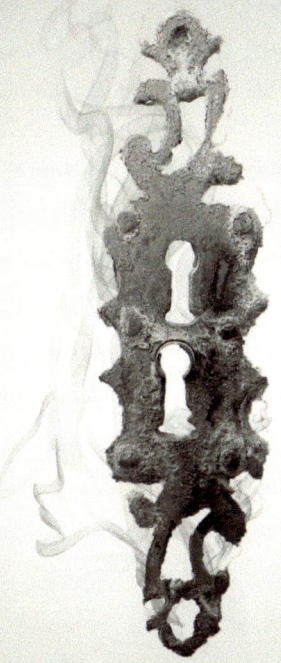

DERRIÈRE LA PORTE

ELF SONDERBARE KURZGESCHICHTEN

Trigger-Hinweise

Dieses Buch enthält fiktive Schilderungen von Erlebnissen, die ggf. Auslösereize bei Betroffenen sein können.

Folgende Liste wurde gewissenhaft erstellt, jedoch kann keine Garantie für Vollständigkeit übernommen werden.

Drogenkonsum
Sinnestäuschungen / Halluzinationen
(gewaltsamer) Tod / Sterben / Leichen
körperliche Gewalt
Gebrauch von Stichwaffen
Ermordung bei Terroranschlag (Erwähnung)